清馨民国风

清馨民国风

吾师吾友

梁启超　胡适等著　孙立明编

首都经济贸易大学出版社
Capital University of Economics and Business Press

图书在版编目(CIP)数据

清馨民国风:吾师吾友/梁启超,胡适等著,孙立明编. -- 北京:首都经济贸易大学出版社,2014.3
ISBN 978 - 7 - 5638 - 2123 - 5

Ⅰ.①清… Ⅱ.①梁… ②胡… ③孙… Ⅲ.①散文集—中国—现代 Ⅳ.①I266

中国版本图书馆 CIP 数据核字(2013)第 158194 号

清馨民国风:吾师吾友
梁启超 胡适 等著 孙立明 编

责任编辑	卢 翎	
封面设计	张弥迪	
出版发行	首都经济贸易大学出版社	
地 址	北京市朝阳区红庙(邮编100026)	
电 话	(010)65976483 65065761 65071505(传真)	
网 址	http://www.sjmcb.com	
E - mail	publish@cueb.edu.cn	
经 销	全国新华书店	
照 排	北京砚祥志远激光照排技术有限公司	
印 刷	临沂圣贤印刷有限公司	
开 本	880 毫米×1230 毫米 1/32	
字 数	211 千字	
印 张	8.5	
版 次	2014 年 3 月第 1 版 2019 年10月第 2 次印刷	
书 号	ISBN 978 - 7 - 5638 - 2123 - 5/I · 17	
定 价	26.00 元	

前　言

　　这本书中的几十篇文字,都曾刊载于民国时期的出版物。其中一些篇目,近二三十年中曾经从繁体字变为简体字,或多或少为今人所知;但更多的篇目,似乎一直以繁体字竖排的形式,掩隐在岁月的尘埃中,直到我们发现或找到它们,再把它们转换为简体字,以现在这套"清馨民国风"丛书为载体,呈献给当今的读者。

　　收入这套"清馨民国风"丛书的数百篇民国时期的文字,堪称历史影像,也可以说是情景回放。它们栩栩如生、有血有肉,是近 200 位民国学人的集中亮相,也是他们经历、思考与感悟的原味展示——围绕读书与修养、成长与见闻、做人与做事、生活与情趣,娓娓道来。透过这些文字,我们既可以领略众多民国学人迥然不同的个性风采,更可以感知那个时代教育、思想与文化生态的原貌。

　　策划、编选这样一套以民国原始素材为主体内容的丛书,耗费了我们大量的时间、精力和心血。而今本套丛书即将分批陆续付梓,我们欣喜地发现,她已经有型、有范儿、有味道了。

需要特别说明的是,根据著作权法的规定,本书收选的作品,有一部分仍处于版权保护期。由于原作品出版年代久远,且难以查找作者及其亲属的相关信息和联系方式,我们未能事先一一征得权利人同意。敬请这些作者亲属见书后及时与我社联系,以便我社寄奉稿酬、寄赠样书。

目 录

1 亡友夏穗卿先生／梁启超

9 丁在君这个人／胡适

22 高梦旦先生小传／胡适

26 追悼志摩／胡适

37 志摩在回忆里／郁达夫

44 悼志摩／林徽因

54 怀志摩先生／何家槐

63 纪念梁任公先生／梁漱溟

71 刘半农先生不死／蔡元培

73 半农先生和我／徐霞村

77 辜鸿铭／林语堂

83 胡适之／温源宁文，林语堂译

86　纪念蔡先生／梁漱溟
　　——为蔡孑民先生逝世二周年作

95　伟大与崇高／罗家伦
　　——纪念先师蔡孑民（元培）先生

98　悼蔡元培先生／顾颉刚

104　马相伯先生事略／方豪

109　苏曼殊之我观／柳亚子

118　陶元庆论／钱君匋

129　刘叔和／陈西滢

136　一个难得的文人／胡山源

142　一个沉默的文人／胡山源
　　——悼莎氏全集译者朱生豪君

145　记郁达夫／周楞伽

156　记田汉／周楞伽

166　记洪深／周楞伽

180　独脚学者潘光旦／崔士杰

186　纪念王礼锡／钱歌川

194　忆六逸先生／郑振铎

199　惜周作人／郑振铎

203　悼夏丏尊先生／郑振铎

210　悼夏丏尊先生／丰子恺

216　怀李叔同先生／丰子恺

225　弘一法师之出家／夏丏尊

231　忆弘一法师／冯三昧

236　我与老舍／罗常培
　　　——为老舍创作二十周年作

241　庐隐回忆记／刘大杰

255　丰子恺和他的小品文／赵景深

梁启超（1873—1929），字卓如，号任公、饮冰室主人。广东新会人。20世纪初中国新旧交替时代著名政治活动家、启蒙思想家、教育家、史学家和文学家，戊戌变法领袖之一，民国初年清华大学国学院四大导师之一。梁启超学术研究涉猎广泛，在哲学、文学、史学、经学、法学、伦理学、宗教学等领域均有建树，以史学研究成就最大，被公认为中国近代史上百科全书式的人物；其著作后被合编为《饮冰室合集》。

亡友夏穗卿*先生

梁启超

我正在这里埋头埋脑做我的《中国近三百年学术史》里头《清代学者整理旧学之总成绩》一篇，忽然接到夏浮筠的信，说他父亲穗卿先生死了！

我像受电气打击一般，蓦地把三十年前的印象从悲痛里兜转来！几天内天天要写他又写不出。今天到车站上迎太戈尔①，回家来又想起穗卿了。胡乱写了那么几句。

近十年来，社会上早忘却有夏穗卿其人了。穗卿也自贫病交攻，借酒自戕。正是李太白诗说的："君平既弃世，世亦弃君

---

*夏曾佑（1863—1924），字穗卿。诗人、历史学家、学者，曾任北京图书馆馆长。——编者注。

① 今译泰戈尔（1861—1941），印度诗人、哲学家和民族主义者。代表作《吉檀迦利》《飞鸟集》。——编者注。

平。"连我也轻易见不着他一面，何况别人？但是若有读过十八九年前的《新民丛报》和《东方杂志》的人，当知其中有署名"别士"的文章，读起来令人很感觉他思想的深刻和卓越。"别士"是谁？就是穗卿。

穗卿是晚清思想界革命的先驱者。

穗卿是我少年做学问最有力的一位导师。

穗卿既不著书，又不讲学，他的思想只是和欣赏的朋友偶然讲讲，或者在报纸上随意写一两篇。——印出来的著作只有十几年前商务印书馆出版的一部《中国历史教科书》，也并非得意之作。——他晚年思想到怎样程度，恐怕除了他自己外没有人知道。但我敢说：

　　他对于中国历史有崭新的见解——尤其是古代史，尤其是有史以前。

　　他对于佛学有精深的研究——近世认识"唯识学"价值的人，要算他头一个。

我将来打算作一篇穗卿的传，把他学术全部详细说明。——但不知道我能不能，因为穗卿虽然现在才死，然而关于他的资料已不易搜集，尤其是晚年。——现在只把我所谓"三十年前印象"写写便了。

穗卿和我的交际，有他赠我两首诗说得最明白。第二首我记不真了——原稿更没有。第一首却一字不忘，请把它写下来：

壬辰在京师，广坐见吾子。

草草致一揖，仅足记姓氏。

洎乎癸甲间，衡宇望尺咫。

春骑醉莺花，秋灯挟图史。

冥冥兰陵门，万鬼头如蚁。

质多举只手，阳乌为之死。

袒裼往暴之，一击类执豕。

酒酣掷杯起，跌宕笑相视。

颇谓宙合间，只此足欢喜。

夕烽从东来，孤帆共南指。

再别再相遭，便已十年矣。

吾子尚青春，英声乃如此。

嗟嗟吾党人，视子为泰否。

这首诗是他甲辰年游日本时赠我的，距今恰恰整二十年了。我因这首诗才可以将我们交往的年月约略记忆转来。

我十九岁始认得穗卿。——我的"外江佬"朋友里头，他算是第一个。初时不过"草草一揖"，了不相关，以后不晓得怎样便投契起来了。我当时说的纯是"广东官话"，他的杭州土腔又是终身不肯改的，我们交换谈话很困难，但不久都互相了解了。他租的一个小房子在贾家胡同，我住的是粉房琉璃街新会馆——后来又加入一位谭复生，他住在北半截胡同浏阳馆——"衡宇望尺咫"，我们几乎没有一天不见面。见面就谈学问，常常对吵，每天总大吵一两场。但吵的结果，十次有九次我被穗卿屈服，我们大概总得到意见一致。

这会儿想起来，那时候我们的思想真"浪漫"得可惊！不知从哪里会有恁多问题，一会发生一个，一会又发生一个。我们要把宇宙间所有的问题都解决，但帮助我们解决的资料却没有，我们便靠主观的冥想，想得的便拿来对吵——吵到意见一致的时候，便自以为已经解决了。由今回想，真是可笑！但到后来知道问题不是那么容易解决，发生问题的勇气也一天减少一天了。

穗卿和我都是从小治乾嘉派考证学有相当素养的人。到我们在一块儿的时候，我们对于从前所学生极大的反动，不唯厌它，而且恨它。穗卿诗里头"冥冥兰陵门，万鬼头如蚁。质多举只手，阳乌为之死"。"兰陵"指的是荀卿，"质多"是佛典上魔鬼的译名，也即基督教经典里头的撒旦。"阳乌"即太阳——日中有乌是相传的神话。清儒所做的汉学自命为"荀学"，我们要把当时垄断学界的汉学打倒，便用"擒贼擒王"的手段去打他们的老祖宗——荀子。到底打倒没有呢？且不管。但我才说过，我们吵到没有得吵的时候，便算问题解决。我们主观上认为已经打倒了！"祖祧往暴之，一击类执豕。酒醋掷杯起，跌宕笑相视。颇谓宙合间，只此足欢喜。"这是我们合奏的革命成功凯歌。读起来可以想见当时我们狂到怎么样，也可以想见我们精神解放后所得的愉快怎么样。

穗卿自己的宇宙观、人生观常喜欢用诗写出来。他前后作有几十首绝句，说的都是怪话。我只记得他第一首：

> 冰期世界太清凉，洪水茫茫下土方。
> 巴别塔前分种数，人天从此感参商。

这是从地质学家所谓冰期、洪水期讲起，以后光怪陆离的话不知多少。当时除我和谭复生外没有人能解他。因为他创造许多新名词，非常在一块的人不懂。可惜我把那些诗都忘记了——他家也未必有稿。他又有四首寄托遥深的律诗，我只记得两句：

> 阁视吾良秋柏实，化为瑶草洞庭深。

谭复生和他的是：

> ……金裘喷血和天斗，黄竹闻歌匝地哀。徐甲倘容心忏悔，愿身成骨骨成灰。
> 死生流转不相值，天地翻时忽一逢。且喜无情成解脱，欲追前事已冥濛。……

这些话都是表现他们的理想，用的字句都是象征。当时我也有和作，但太坏，记不得了。

简单说，我们当时认为，中国自汉以后的学问全要不得的，外来的学问都是好的。既然汉以后要不得，所以专读各经的正文和周秦诸子。既然外国学问都好，却是不懂外国话，不能读外国书，只好拿几部教会的译书当宝贝。再加上些我们主观的理想——似宗教非宗教、似哲学非哲学、似科学非科学、似文学非文学的奇怪而幼稚的理想。我们所标榜的"新学"就是这三种元素混合构成。

我们的"新学"要得要不得是另一问题，但当时确用"宗教式的宣传"去宣传它。穗卿诗说："嗟嗟吾党人。"穗卿没有政治上的党，人人共知，"吾党"却是学术打死仗的党。

穗卿为什么自名为"别士"呢？"别士"这句话出于墨子，是和"兼士"对称的。墨子主张兼爱，常说"兼以易别"，所以墨家叫作"兼士"，非墨家便叫作"别士"。我是心醉墨学的人，所以自己号称"任公"，又自命为"兼士"。穗卿说："我却不能做摩顶放踵利天下的人，只好听你们墨家排挤罢。"因此自号"别士"。他又有两句赠我的诗说道："君自为繁我为简，白云归去帝之居。"这是他口里说出来我们彼此不同之点。大概他厌世的色彩很深，不像我凡事都有兴味。我们常常彼此互规其短，但都不能改，以后我们各走各路，学风便很生差别了。

穗卿又给我起一个绰号叫作"佞人"。这句话怎么解呢？我们有一天闲谈，谈到这"佞"字。古人自谦便称"不佞"，《论语》又说"仁而不佞"，又说"非敢为佞也，疾固也"。不佞有什么可惜又有什么可谦呢？因记起某部书的训诂"佞，才也"，知道不佞即不才，仁而不佞即仁而无才，非敢为佞即不敢自命有才。然则穗卿为什么叫我作佞人呢？《庄子·天下》篇论墨子学术总结一句是"才士也夫"。——穗卿当时赠我的诗有一句"帝杀黑龙才士隐"，"黑龙"用《墨子·贵义》篇的话，才士即指墨子——他挖苦我的"墨学狂"，叫我作"才士"，再拿旧训诂注解一番，一变便变成了"佞人"！有一年正当丁香花盛开时候，我不知往哪里去了，三天没有见他。回来见案头上留下他一首歪诗说道：

> 不见佞人三日了，不知为佞去何方。
> 春光如此不游赏，终日栖栖为底忙？

这虽不过当时一种雅谑，但令我永远不能忘记。现在三十年前的丁香花又烂漫着开，枝头如雪，"佞人"依旧"栖栖"，却不见留笺的人！

我们都学佛，但穗卿常常和我说："怕只法相宗才算真佛学。"那时窥基的《成唯识论述记》初回到中国，他看见了欢喜得几乎发狂。他又屡说："《楞严经》是假的。"当时我不以为然，和他吵了多次。但后来越读《楞严经》越发现它是假。我十年来久想仿阎百诗《古文尚书疏证》的体例著一部《佛顶楞严经疏证》。三月前见穗卿，和他谈起，他很高兴，还供给我许多资料。我这部书不知在何年何月才作成，便作成也不能请教我的导师了！

穗卿是最静穆的人，常常终日对客不发一言。我记得他有一句诗"一灯静如鹭"，我说这诗就是他自己的写照。从前我们用的两根灯草的油灯，夜长人寂时，澄心眇虑，和他相对，好像沙滩边白鹭翘起一足在那里出神。穗卿这句诗固然体物入微，但也是他的人格的象征了。

"白云归去帝之居"，呜呼，穗卿先生归去了。

呜呼！思想界革命先驱的夏穗卿先生！

呜呼！我三十年前的良友夏穗卿先生！

胡　适（1891—1962），原名嗣穈，学名洪骍，字希
疆；后改名胡适，字适之，笔名天风、藏晖等。安徽绩溪
人。因提倡文学革命而成为新文化运动的领袖之一。历任北
京大学教授、北京大学文学院院长、中华民国驻美利坚合众
国特命全权大使、北京大学校长等职。胡适兴趣广泛，著述
丰富，在文学、哲学、史学、考据学、教育学、伦理学、红
学等诸多领域都有深入的研究，被誉为现代思想文化界最稳
健、最优秀、最高瞻远瞩的哲人智者。

丁在君*这个人

胡　适

傅孟真先生的《我所认识的丁文江先生》，是一篇很伟大的
文章，只有在君当得起这样一篇好文章。孟真说：

> 我以为在君确是新时代最良善最有用的中国人之代表；
> 他是欧化中国过程中产生的最高的菁华；他是用科学知识
> 做燃料的大马力机器；他是抹杀主观，为学术、为社会、
> 为国家服务者，为公众之进步及幸福而服务者。

这都是最确切的评论。这里只有"抹杀主观"四个字也许

＊丁文江（1887—1936），字在君，现代著名地质学家。1922 年发起成立中
国地质学会，曾任中央研究院总干事。——编者注。

要引起他的朋友的误会。在君是主观很强的人，不过孟真的意思似乎只是说他"抹杀私意""抹杀个人的利害"。意志坚强的人都不能没有主观，但主观是和私意、私利绝不相同的。王文伯先生曾送在君一个绰号，叫作 the conclusionist，可译作"一个结论家"。这就是说，在君遇事总有他的"结论"，并且往往不放松他的"结论"。一个人对于一件事的"结论"多少总带点主观的成分，意志力强的人带的主观成分也往往比一般人要多些。这全靠理智的训练深浅来调剂。在君的主观见解是很强的，不过他受的科学训练较深，所以他在立身行道的大关节上终不愧是一个科学时代的最高产儿。而他的意志的坚强又使他忠于自己的信念，知了就不放松，就决心去行，所以成为一个最有动力的现代领袖。

在君从小不喜欢吃海味，所以他一生不吃鱼翅、鲍鱼、海参。我常笑问他：这有什么科学的根据？他说不出来，佀他终不破戒。但是他有一次在贵州内地旅行，到了一处地方，他和他的跟人都病倒了。本地没有西医，在君是绝对不信中医的，所以他无论如何不肯请中医诊治。他打电报到贵阳去请西医，必须等贵阳的医生赶到了他才肯吃药。医生还没有赶到，他的跟人已病死了。人都劝在君先服中药，他终不肯破戒。我知道他终身不曾请教过中医，正如他终身不肯拿政府干薪，终身不肯因私事旅行借用免票坐火车一样的坚决。

我常说，在君是一个欧化最深的中国人，是一个科学化最深的中国人。在这一点根本立场上，眼中人物真没有一个人能比得上他。这也许是因为他十五岁就出洋，很早就受了英国人生活习惯的影响的缘故。他的生活最有规则：睡眠必须八小时，起居饮食最讲究卫生，在外面饭馆里吃饭必须用开水洗杯筷；他不喝酒，常用酒来洗筷子；夏天家中吃无皮的水果，必须在滚水里浸二十秒钟。他最恨奢侈，但他最注重生活的舒适和休息的重要，差不多每年总要寻一个歇夏的地方，很费事地布置他全家去避暑，这是大半为他的多病的夫人安排的，但自己也必须去住一个月以上；他的弟弟、侄儿、内侄女都往往同去，有时还邀朋友去同住。他绝对服从医生的劝告：他早年有脚痒病，医生说赤脚最有效，他就终身穿有多孔的皮鞋，在家常赤脚，在熟朋友家中也常脱袜子，光着脚谈天，所以他自称"赤脚大仙"。他吸雪茄烟有二十年了，前年他脚趾有点发麻，医生劝他戒烟，他立刻就戒绝了。这种生活习惯都是科学化的习惯，别人偶一为之，不久就感觉不方便，或怕人讥笑，就抛弃了，在君终身奉行，从不顾社会的骇怪。

他的立身行己也都是科学化的，代表欧化的最高层。他最恨人说谎，最恨人懒惰，最恨人滥举债，最恨贪污。他所谓"贪污"，包括拿干薪、用私人、滥发荐书、用公家免票来做私家旅行、用公家信笺来写私信等。他接受淞沪总办之职时，我正和他同住在上海客利饭店，我看见他每天接到不少的荐书。他叫一个书记把这些荐书都分类归档，他就职后，需要用某项人时，写信通知有荐书的人定期来受考试，考试及格了，他都雇用；不及格的，他一一通知他们的原荐人。他写信最勤，常怪我案上堆积无数未复的信。他说："我平均写一封信费三分钟，字是潦草的，但朋友接着我的回信了。你写信起码要半点钟，结果是没有工夫写信。"蔡孑民①先生说在君"案无留牍"，这也是他的欧化的精神。

罗文干先生常笑在君看钱太重，有寒碜气，其实这正是他的小心谨慎之处。他用钱从来不敢超过他的收入，所以能终身不欠债，所以能终身不仰面求人，所以能终身保持一个独立的清白之身。他有时和朋友打牌，总把输赢看得很重。他手里有好牌时，手心常出汗。我们常取笑他，说摸他的手心可以知道他的牌。罗文干先生是富家子弟出身，所以更笑他寒碜。及今思之，在君自从留学回来，担负一个大家庭的求学经费，有时候每年担负到三千元之多，超过他的收入的一半，但他从无怨言，也从不欠债，宁可抛弃他的学术生活去替人办煤矿，也不肯用一个不正当的钱，这正是他的严格的科学化的生活规律不可及之处。我们嘲笑他，其实是我们身为穷书生而有阔少爷的脾气，真不配批评他。

在君的私生活和他的政治生活是一致的。他的私生活的小心谨慎就是他的政治生活的预备。民国十一年，他在《努力周报》第七期上（署名"宗淹"）曾说，我们若想将来做政治生活，应做这几种预备：

---

① 即蔡元培。下同。——编者注。

第一，是要保存我们"好人"的资格。消极地讲，就是不要"作为无益"；积极地讲，就是躬行克己，把责备人家的事从我们自己做起。

第二，是要做有职业的人，并且增加我们职业上的能力。

第三，是设法使得我们的生活程度不要增高。

第四，就我们认识的朋友，结合四五个人、八九个人的小团体，试做政治生活的具体预备。

看前面的三条，就可以知道在君处处把私生活看作政治生活的修养。民国十一年他和我们几个组织《努力》，我们的社员有两个标准：一是要有操守，二是要在自己的职业上站得住。他最恨那些靠政治吃饭的政客。他当时有一句名言："我们是救火的，不是趁火打劫的。"（《努力》第六期）他做淞沪总办时，一面整顿税收，一面采用最新式的簿记会计制度。他是第一个中国大官卸职时半天办完交代的手续的。

说到在君的个人生活和家庭生活，孟真说他"真是一位理学大儒"。在君如果死而有知，他读了这句赞语定要大生气的！他幼年时代也曾读过宋明理学书，但他早年出洋以后，最得力的是达尔文、赫胥黎一流科学家的实事求是的精神训练。他自己曾说：

科学……是教育同修养最好的工具。因为天天求真理，时时想破除成见，不但使学科学的人有求真理的能力，而且有爱真理的诚心。无论遇见什么事，都能平心静气去分析研究，从复杂中求简单，从紊乱中求秩序——拿论理来训练他的意想，而意想力愈增；用经验来指示他的直觉，而直觉力愈活。了然于宇宙生物心理种种的关系，才能够真知道生活的乐趣。这种活泼泼的心境，只有拿望远镜仰察过天空的虚漠，用显微镜俯视过生物的幽微的人，方能参领得透彻，又岂是枯坐谈禅妄言玄理的人所能梦见？

（《努力》第四十九期，《玄学与科学》）

这一段很美的文字，最可以代表在君理想中的科学训练的人生观。他最不相信中国有所谓"精神文明"，更不佩服张君劢先生说的"自孔孟以至宋元明之理学家侧重内生活之修养，其结果为精神文明"。民国十二年四月中，在君发起"科学与玄学"的论战，他的动机其实只是要打倒那时候"中外合璧式的玄学"之下的精神文明论。他曾套顾亭林的话来骂当日一班玄学崇拜者：

今之君子，欲速成以名于世，语之以科学，则不愿学，语之以柏格森、杜里舒之玄学，则欣然矣，以其袭而取之易也。

（同上）

这一场的论战现在早已被人们忘记了，因为柏格森、杜里舒的玄学又早已被一批更时髦的新玄学"取而代之"了。然而我们在十三四年后回想那一场论战的发难者，他终身为科学戮力，终身奉行他的科学的人生观，运用理智为人类求真理，充满着热心为多数谋福利，最后在寻求知识的工作途中，歌唱着"为语麻姑桥下水，出山要比在山清"，悠然地死了——这样的一个人，不是东方的内心修养的理学所能产生的。

丁在君一生最被人误会的是他在民国十五年的政治生活。孟真在他的长文里，叙述他在淞沪总办任内的功绩，立论最公平。他那个时期的文电现在都还保存在一个好朋友的家里，将来做他传记的人（孟真和我都有这种野心）必定可以有详细公道的记载给世人看，我们此时可以不谈。我现在要指出的，只是在君的政治兴趣。十年前，他常说："我家里没有活过五十岁的，我现在快四十岁了，应该趁早替国家做点事。"这是他的科学迷信，我们常笑他。其实他对政治是素来有极深的兴趣的。他是一个有干才的人，绝不像我们书生放下了笔杆就无事可办，所以他很自信有替国家做事的能力。他在民国十二年有一篇《少数人的责任》的讲演（《努力》第六十七期），最可以表示他对于政治的自信力和负责任的态度。他开篇就说：

我们中国政治的混乱，不是因为国民程度幼稚，不是因为政客官僚腐败，不是因为武人军阀专横；是因为"少数人"没有责任心，而且没有负责任的能力。

他很大胆地说：

中年以上的人，不久是要死的；来替代他们的青年，所受的教育，所处的境遇，都是同从前不同的。只要有几个人，有不折不回的决心，拔山蹈海的勇气，不但有知识而且有能力，不但有道德而且要做事业，风气一开，精神就要一变。

他又说：

只要有少数里面的少数，优秀里面的优秀，不肯束手待毙，天下事不怕没有办法的。……最可怕的是一种有知识道德的人不肯向政治上去努力。

他又告诉我们四条下手的方法，其中第四条最可注意。他说：

要认定了政治是我们唯一的目的，改良政治是我们唯一的义务。不要再上人家当，说改良政治要从实业教育着手。

这是在君的政治信念。他相信，政治不良，一切实业教育都办不好，所以他要我们少数人挑起改良政治的担子来。

然而在君究竟是英国自由教育的产儿，他的科学训练使他不能相信一切破坏的革命的方式。他曾说：

> 我们是救火的，不是趁火打劫的。

其实他的意思是要说：

> 我们是来救火的，不是来放火的。

照他的教育训练看来，用暴力的革命总不免是"放火"，更不免要容纳无数"趁火打劫"的人。所以他只能期待"少数里的少数，优秀里的优秀"起来担负改良政治的责任，而不能提倡那放火式的大革命。

然而民国十五六年之间，放火式的革命到底来了，并且风靡了全国。在那个革命大潮流里，改良主义者的丁在君当然成了罪人了。在那个时代，在君曾对我说："许子将说曹孟德可以做'治世之能臣，乱世之奸雄'，我们这班人恐怕只可以做'治世之能臣，乱世之饭桶'罢！"

这句自嘲的话也正是在君自赞的话，他毕竟自信是"治世之能臣"。他不是革命的材料，但他所办的事无一事不能办得顶好。他办一个地质研究班，就可以造出许多奠定地质学的台柱子；他办一个地质调查所，就能在极困难的环境之下造成一个全世界知名的科学研究中心；他做了不到一年的上海总办①，就能建立起一个大上海市的政治、财政、公共卫生的现代式基础；他做了一年半的中央研究院的总干事，就把这个全国最大的科学研究机关重新建立在一个合理而持久的基础之上。他这二十多年的建设成绩是不愧负他的科学训练的。

在君的为人是最可敬爱，最可亲爱的。他的奇怪的眼光，他的虬起的德国威廉皇帝式的胡子，都使小孩子和女人见了害怕。他对不喜欢的人，总是斜着头，从眼镜的上边看他，眼睛露出白珠多，黑珠少，怪可嫌的！我曾对他说："从前史书上说阮籍能作青白眼，我向来不懂得，自从认得了你，我才明白了'白眼对人'是怎样一回事！"他听了大笑。其实同他熟了，我们都只觉得他是一个最和蔼慈祥的人。他自己没有儿女，所以他最喜欢小孩子，最爱同小孩子玩。有时候他伏在地上做马给他们骑。他对朋友最热心，待朋友如同自己的弟兄儿女一样。他认得我不久之后，有一次看见我喝醉了酒，他十分不放心，不但劝我戒酒，还从《尝试集》里挑了我的几句戒酒诗，请梁任公先生写在扇子上送给我。（可惜这把扇子丢了！）十多年前，我病了两年，他说我的家庭生活太不舒适，硬逼我们搬家；他自己替我们看定了一所房子，我的夫人嫌每月八十元的房租太贵，那时我不在北平，在君和房主说妥，每月向我的夫人收七

---

① 即本文前面所讲的"淞沪总办"。——编者注。

十元，他自己代我垫付十元！这样热心爱管闲事的朋友是世间很少见的。他不但这样待我，他待老辈朋友，如梁任公先生，如葛利普先生，都是这样亲切地爱护，把他们当作他最心爱的小孩子看待！

他对于青年学生也是这样的热心：有过必规劝，有成绩则赞不绝口。民国十八年，我回到北平，第一天在一个宴会上遇见在君，他第一句话就说："你来，你来，我给你介绍赵亚会！这是我们地质学古生物学新出的一个天才，今年得地质奖学金的！"他那时脸上的高兴快乐是使我很感动的。后来赵亚会先生在云南被土匪打死了，在君哭了许多次，到处为他出力征募抚恤金。他自己担任亚会的儿子的教育责任，暑假带他同去歇夏，自己督责他补功课；他南迁后，把他也带到南京转学，使自己可以时常督教他。

在君是个科学家，但他很有文学天才，他写古文、白话文都是很好的。他写的英文可算是中国人之中的一把高手，比许多学英国文学的人高明得多。他也爱读英、法文学书，凡是罗素、威尔士、J. M. Keynes 的新著作，他都全购读。他早年喜欢写中国律诗，近年听了我的劝告，他不作律诗了，有时还作绝句小诗，也都清丽可喜。朱经农先生的纪念文里有在君得病前一日的《衡山纪游诗》四首，其中至少有两首是很好的。他去年在莫干山作了一首骂竹子的五言诗，被林语堂先生登在《宇宙风》上，是大家知道的。民国二十年，他在秦皇岛避暑，有一天去游北戴河，作了两首怀我的诗，其中一首云：

峰头各采山花戴，海上同看明月生；

此乐如今七寒暑，问君何日践新盟。

后来我去秦皇岛住了十天，临别时在君用元微之送白乐天的诗韵作了两首诗送我：

留君至再君休怪，十日留连别更难。

从此听涛深夜坐，海天漠漠不成欢！

逢君每觉青来眼，顾我而今白到须。

此别原知旬日事，小儿女态未能无。

这三首诗都可以表现他待朋友的情谊之厚。今年他死后，我重翻我的旧日记，重读这几首诗，真有不堪回忆之感，我也用元微之的原韵，写了这两首诗纪念他：

明知一死了百愿，无奈余哀欲绝难！

高谈看月听涛坐，从此终生无此欢！

爱憎能作青白眼，妩媚不嫌虬怒须。

捧出心肝待朋友，如此风流一代无。

这样一个朋友，这样一个人，是不会死的。他的工作，他的影响，他的流风遗韵，是永远留在许多后死的朋友的心里的。

廿五，二，九夜①

---

① 本书所选文章，篇末如有中文数字（均为民国原书所载），系指中国历法年月日，如本处即指民国廿五年（西历1936年）二月九日夜；如为阿拉伯数字，则指西历年月日。特此说明，以后不再为此加注。——编者注。

胡　适（1891—1962），原名嗣穈，学名洪骍，字希疆；后改名胡适，字适之，笔名天风、藏晖等。安徽绩溪人。因提倡文学革命而成为新文化运动的领袖之一。历任北京大学教授、北京大学文学院院长、中华民国驻美利坚合众国特命全权大使、北京大学校长等职。胡适兴趣广泛，著述丰富，在文学、哲学、史学、考据学、教育学、伦理学、红学等诸多领域都有深入的研究，被誉为现代思想文化界最稳健、最优秀、最高瞻远瞩的哲人智者。

高梦旦*先生小传

胡　适

民国十年的春末夏初，高梦旦先生从上海到北京来看我。他说，他现在决定辞去商务印书馆编译所所长的事，他希望我肯去做他的继任者。他说："北京大学固然重要，我们总希望你不会看不起商务印书馆的事业。我们的意思确是十分诚恳的。"

那时我还不满三十岁，高先生已是五十多岁的人了。他的谈话很诚恳，我很受感动。我对他说："我绝不会看不起商务印书馆的工作，一个支配几千万儿童的知识思想的机关，当然比北京大学重要多了。我所虑的只是怕我自己干不了这件事。"当时我答应他夏天到上海商务印书馆去住一两个月，看看里面的工作，并且看看我自己配不配接受梦旦先生的付托。

---

*高梦旦（1870—1936），名凤谦，字梦旦，商务印书馆元老。——编者注。

那年暑假期中，我在上海住了四十五天，天天到商务印书馆编译所去，高先生每天把编译所各部分的工作指示给我看，把所中的同事介绍和我谈话。每天他家中送饭来，我若没有外面的约会，总是和他同吃午饭。

我知道他和馆中的老辈张菊生先生、鲍咸昌先生、李拔可先生对我的意思都很诚恳，但是我研究的结果，我始终承认我的性情和训练都不配做这件事。我很诚恳地辞谢了高先生。他问我意中有谁可任这事，我推荐王云五先生，并且介绍他和馆中各位老辈相见。他们会见了两次之后，我就回北京去了。

我走后，高先生就请王云五先生每天到编译所去，把所中的工作指示给他看，和他从前指示给我看一样。一个月之后，高先生就辞去了编译所所长，请王先生继他的任，他自己退居出版部部长，尽心尽力地襄助王先生做改革的事业。

民国十九年，王云五先生做了商务印书馆的总理。民国二十一年一月，商务印书馆的闸北各厂都被日本军队烧毁了。兵祸稍定，王先生决心要做恢复的工作。高先生和张菊生先生本来都已退休了，当那危急的时期，他们每天都到馆中来襄助王先生办事。两年之中，王先生苦心硬干，就做到了恢复商务印书馆的奇迹。

我特记载这个故事，因为我觉得这是一件美谈。王云五先生是我的教师，又是我的朋友，我推荐他自代，这并不足奇怪。最难能的是高梦旦先生和馆中几位老辈，他们看中了一个少年书生，就要把他们毕生经营的事业托付给他；后来又听信这个少年人的几句话，就把这件重要的事业托付给了一个他们平素不相识的人。这是老成人为一件大事业求付托人的苦心，是大政治家谋国的风度。这是值得大书深刻，留给世人思念的。

高梦旦先生，福建长乐县人，原名凤谦，晚年只用他的表字"梦旦"为名。"梦旦"是在梦梦长夜里想望晨光的到来，最足以表现他一生追求光明的理想。他早年自号"崇有"，取晋人裴頠《崇有论》之旨，也最可以表现他一生崇尚实事、痛恨清谈的精神。

因为他期望光明，所以他最能欣赏也最能了解这个新鲜的世界。因为他崇尚实事，所以他不梦想那光明可以立刻来临，他知道进步是一点一滴地积聚成的，光明是一线一线地慢慢来的。最要紧的条件只是人人尽他的一点一滴的责任，贡献他一分一秒的光明。高梦旦先生晚年发表了几件改革的建议，标题引一个朋友的一句话："都是小问题，并且不难办到"。这句引语最能写出他的志趣。他一生做的事，三十年编纂小学教科书，三十年提倡他的十三个月的历法，三十年提倡简笔字、提倡电报的改革、提倡度量衡的改革，都是他认为不难做到的小问题。他的赏识我，也是因为我一生只得出一两个小问题，锲而不舍地做去，不敢好高骛远，不敢轻谈根本改革，够得上做他的一个小同志。

高先生的做人，最慈祥，最热心，他那古板的外貌里藏着一颗最仁爱暖热的心。在他的大家庭里，他的儿子、女儿都说："吾父不仅是一个好父亲，实兼一个友谊至笃的朋友。"他的侄儿、侄女们都说："十一叔是圣人。"这个圣人不是圣庙里陪吃冷猪肉的圣人，是一个处处能体谅人，能了解人，能帮助人，能热烈的、爱人的、新时代的圣人。他爱朋友，爱社会，爱国家，爱世界；他爱真理，崇拜自由，信仰科学。因为他信仰科学，所以他痛恨玄谈，痛恨迷信，痛恨中医。因为他爱国家社会，所以他爱护人才真如同性命一样。他爱敬张菊生先生，就如同爱敬他的两个哥哥一样。他爱惜我们一班年轻的朋友，就如同爱护他自己的儿女一样。

他的最可爱之处，是因为他最能忘了自己。他没有利心，没有名心，没有胜心。人都说他冲澹，其实他是浓挚热烈。在他那浓挚热烈的心里，他期望一切有力量而又肯努力的人都能成功胜利，别人的成功胜利都使他欢喜安慰，如同他自己的成功胜利一样。因为浓挚热烈，所以冲澹得好像没有自己了。

高先生生于公历 1870 年 1 月 28 日，死于 1936 年 7 月 23 日，葬在上海虹桥公墓。葬后第四个月，他的朋友胡适在太平洋船上写下这篇小传。

1936 年 11 月 26 日

胡　适（1891—1962），原名嗣穈，学名洪骍，字希疆；后改名胡适，字适之，笔名天风、藏晖等。安徽绩溪人。因提倡文学革命而成为新文化运动的领袖之一。历任北京大学教授、北京大学文学院院长、中华民国驻美利坚合众国特命全权大使、北京大学校长等职。胡适兴趣广泛，著述丰富，在文学、哲学、史学、考据学、教育学、伦理学、红学等诸多领域都有深入的研究，被誉为现代思想文化界最稳健、最优秀、最高瞻远瞩的哲人智者。

追悼志摩[*]

胡　适

悄悄地我走了，
　　正如我悄悄地来；
我挥一挥衣袖，
　　不带走一片云彩

（《再别康桥》）

志摩这一回真走了！可不是悄悄地走。在那淋漓的大雨里，在那迷蒙的大雾里，一个猛烈的大震动，三百匹马力的飞机碰在一座终古不动的山上，我们的朋友额上受了一个致命的撞伤，

---

[*]徐志摩（1897—1931），中国现代著名诗人、散文家。1931 年 11 月 19 日因飞机失事英年早逝。——编者注。

大概立刻失去了知觉，半空中起了一团大火，像天上陨了一颗大星似的直掉下地去。我们的志摩和他的两个同伴就死在那烈焰里了！

我们初得着他的死信，却不肯相信，都不信志摩这样一个可爱的人会死得这么惨酷。但在那几天的精神大震撼稍稍过去之后，我们忍不住要想，那样的死法也许只有志摩最配。我们不相信志摩会"悄悄地走了"，也不忍想志摩会有一个"平凡的死"，死在天空之中，大雨淋着，大雾笼罩着，大火焚烧着，那撞不倒的山头在旁边冷眼瞧着，我们新时代的新诗人，就是要自己挑一种死法，也挑不出更合适、更悲壮的了。

志摩走了，我们这个世界里被他带走了不少的云彩。他在我们这些朋友之中，真是一片最可爱的云彩，永远是温暖的颜色，永远是美的花样，永远是可爱。他常说：

> 我不知道风
> 是在哪一个方向吹——

我们也不知道风是在哪一个方向吹，可是狂风过去之后，我们的天空变惨淡了，变寂寞了，我们才感觉我们的天上的一片最可爱的云彩被狂风卷去了，永远不回来了！

这十几天里，常有朋友到家里来谈志摩，谈起来常常有人痛哭。在别处痛哭他的，一定还不少。志摩所以能使朋友这样哀念他，只是因为他的为人整个地只是一团同情心，只是一团爱。叶公超先生说：

> 他对于任何人，任何事，从未有过绝对的怨恨，甚至于无意中都没有表示过一些憎嫉的神气。

陈通伯先生说：

> 尤其朋友里缺不了他。他是我们的连索，他是黏着性的、发酵性的。在这七八年中，国内文艺界起了不少的风波，吵了不少的架，许多很熟的朋友往往弄得不能见面。但我没有听见有人怨恨过志摩。谁也不能抵抗志摩的同情心，谁也不能避开他的黏着性。他才是和事的无穷的同情，他总是朋友中间的"连索"。他从没有疑心，他从不会妒忌。使这些多疑善妒的人们十分惭愧，又十分羡慕。

他的一生真是爱的象征。爱是他的宗教，他的上帝。

> 我攀登了万仞的高冈，
> 荆棘扎烂了我的衣裳，
> 我向缥缈的云天外望——
> 上帝，我望不见你！
> …………
> 我在道旁见一个小孩：

活泼，秀丽，褴褛的衣衫；

他叫声"妈"，眼里亮着爱——

上帝，他眼里有你！

（《他眼里有你》）

志摩今年在他的《猛虎集自序》里，曾说他的心境是"一个曾经有单纯信仰的流入怀疑的颓废"。这句话是他最好的自述。他的人生观真是一种"单纯信仰"，这里面只有三个大字：一个是爱，一个是自由，一个是美。他梦想这三个理想的条件能够会合在一个人生里，这是他的"单纯信仰"。他的一生的历史，只是他追求这个单纯信仰的实现的历史。

社会上对于他的行为往往有不谅解的地方，都只因为社会上批评他的人不曾懂得志摩的"单纯信仰"的人生观。他的离婚和他的第二次结婚，是他一生最受社会严厉批评的两件事。现在志摩的棺已盖了，而社会上的议论还未定。但我们知道这两件事的人都能明白，至少在志摩的方面，这两件事最可以代表志摩的单纯理想的追求。他万分诚恳地相信那两件事都是他实现那"美与爱与自由"的人生的正当步骤。这两件事的结果，在别人看来，似乎都不曾能够实现志摩的理想生活。但到了今日，我们还忍用成败来议论他吗？

我忍不住我的历史癖，今天我要引用一点神圣的历史材料，来说明志摩决心离婚时的心理。民国十一年三月，他正式向他的夫人提议离婚，他告诉她，他们不应该继续他们的没有爱情、没有自由的结婚生活了，他提议"自由之偿还自由"，他认为这是"彼此重见生命之曙光，不世之荣业"。他说：

> 故转夜为日，转地狱为天堂，直指顾间事矣。……真生命必自奋斗自求得来，真幸福亦必自奋斗自求得来，真恋爱亦必自奋斗自求得来！彼此前途无限……彼此有改良社会之心，彼此有造福人类之心，其先自做榜样，勇决智断，彼此尊重人格，自由离婚，止绝苦痛，始兆幸福，皆在此矣。

这信里完全是青年的志摩的单纯的理想主义，他觉得那没有爱又没有自由的家庭是可以摧毁他们的人格的，所以他下了决心，要把自由偿还自由，要从自由求得他们的真生命、真幸福、真恋爱。

后来他回国了，婚是离了，而家庭和社会都不能谅解他。最奇怪的是他和他已离婚的夫人通信更勤，感情更好。社会上的人更不明白了。志摩是梁任公先生最爱护的学生，所以民国十二年任公先生曾写一封很恳切的信去劝他。在这信里，任公提出两点：

> 其一，万不容以他人之苦痛，易自己之快乐。弟之此举，其于弟将来之快乐能得与否，殆茫如捕风，然先已予多数人以无量之苦痛。

其二，恋爱神圣为今之少年所乐道。……兹事盖可遇而不可求。……况多情多感之人，其幻想起落鹘突，而得满足得宁帖也极难。所梦想之神圣境界恐终不可得，徒以烦恼终其身已耳。

任公又说：

呜呼志摩！天下岂有圆满之宇宙？……当知吾侪以不求圆满为生活态度，斯可以领略生活之妙味矣。……若沉迷于不可必得之梦境，挫折数次，生意尽矣，郁邑佗傺以死，死为无名，死犹可也，最可畏者，不死不生而堕落至不复能自拔。呜呼志摩，可无惧耶！可无惧耶！

（十二年一月二日信）

任公一眼看透了志摩的行为是追求一种"梦想的神圣境界"，他料到他必要失望，又怕他少年人受不起几次挫折，就会死，就会堕落。所以他以老师的资格警告他："天下岂有圆满之宇宙？"

但这种反理想主义是志摩所不能承认的。他答复任公的信，第一不承认他是把他人的苦痛来换自己的快乐。他说：

我之甘冒世之不韪，竭全力以斗者，非特求免凶惨之苦痛，实求良心之安顿，求人格之确立，求灵魂之求度耳。

　　人谁不求庸德？人谁不安现成？人谁不畏艰险？然且有突围而出者，夫岂得已而然哉？

第二，他也承认恋爱是可遇而不可求的，但他不能不去追求。他说：

　　我将于茫茫人海中访我唯一灵魂之伴侣；得之，我幸；不得，我命，如此而已。

他又相信他的理想是可以创造培养出来的。他对任公说：

　　嗟夫吾师！我尝奋我灵魂之精髓，以凝成一理想之明珠，涵之以热满之心血，朗照我深奥之灵府。而庸俗忌之嫉之，辄欲麻木其灵魂，捣碎其理想，杀灭其希望，污毁其纯洁！我之不流入堕落，流入庸懦，流入卑污，其几亦微矣！

我今天发表这三封不曾发表过的信，因为这几封信最能表现那个单纯的理想主义者徐志摩。他深信理想的人生必须有爱，必须有自由，必须有美；他深信这种三位一体的人生是可以追求的，至少是可以用纯洁的心血培养出来的——我们若从这个观点来观察志摩的一生，他这十年中的一切行为就全可以了解了。我还可以说，只有从这个观点上才可以了解志摩的行为；我们必须先认清了他的单纯信仰的人生观，方才认得清志摩的为人。

志摩最近几年的生活，他承认是失败。他有一首《生活》的诗，诗是暗惨得可怕：

> 阴沉，黑暗，毒蛇似的蜿蜒，
> 生活逼成了一条甬道：
> 一度陷入，你只可向前，
> 手扪索着冷壁的粘潮，
>
> 在妖魔的脏腑内挣扎，
> 头顶不见一线的天光，
> 这魂魄，在恐怖的压迫下，
> 除了消灭更有什么愿望？

（十九年五月二十九日）

他的失败是一个单纯的理想主义者的失败。他的追求，使我们惭愧，因为我们的信心太小了，从不敢梦想他的梦想。他的失败，也应该使我们对他表示更深厚的恭敬与同情，因为偌大的世界之中，只有他有这信心，冒了绝大的危险，费了无数的麻烦，牺牲了一切平凡的安逸，牺牲了家庭的亲谊和人间的名誉，去追求、去试验一个"梦想之神圣境界"，而终于免不了惨酷的失败，也不完全是他的人生观的失败。他的失败是因为他的信仰太单纯了，而这个现实世界太复杂了，他的单纯的信仰禁不起这个现实世界的摧毁；正如易卜生的诗剧 *Brand* 里的那个理想主义者，抱着他的理想，在人间处处碰钉子，碰得焦头烂额，失败而死。

然而我们的志摩"在这恐怖的压迫下"，从不叫一声"我投降了"！他从不曾完全绝望，他从不曾绝对怨恨谁。他对我们说：

> 你们不能更多地责备。我觉得我已是满头的血水，能不低头已算是好的。

> （《猛虎集》自序）

是的，他不曾低头。他仍旧昂起头来做人；他仍旧是他那一团的同情心，一团的爱。我们看他替朋友做事，替团体做事，他总是仍旧那样热心，仍旧那样高兴。几年的挫折、失败、苦痛，似乎使他更成熟了，更可爱了。

他在苦痛之中，仍旧继续他的歌唱。他的诗作风也更成熟了。他所谓"初期的汹涌性"固然是没有了，作品也减少了；但是他的意境变深厚了，笔致变淡远了，技术和风格都更进步了。这是读《猛虎集》的人都能感觉到的。

志摩自己希望今年是他的"一个真正的复活的机会"。他说：

> 抬起头居然又见到天了。眼睛睁开了，心也跟着开始

了跳动。

我们一班朋友都替他高兴。他这几年来想用心血浇灌的花树也许是枯萎的了；但他的同情、他的鼓舞，早又在别的园地里种出了无数的可爱的小树，开出了无数可爱的鲜花。他自己的歌唱有一个时代是几乎消沉了，但他的歌声引起了他的园地外无数的歌喉，嘹亮地唱，哀怨地唱，美丽地唱。这都是他的安慰，都使他高兴。

谁也想不到在这个最有希望的复活时代，他竟丢了我们走了！他的《猛虎集》里有一首咏一只黄鹂的诗，现在重读了，好像他在那里描写他自己的死，和我们对他的死的悲哀：

> 等候它唱，我们静着望，
> 怕惊了它。但它一展翅，
> 冲破浓密，化一朵彩云：
> 它飞了，不见了，没了——
> 像是春光，火焰，像是热情。

志摩这样一个可爱的人，真是一片春光，一团火焰，一腔热情。现在难道都完了？

绝不！绝不！志摩最爱他自己的一首小诗，题目叫作《偶然》，在他的《卞昆冈》剧本里，在那个可爱的孩子阿明临死时，那个瞎子弹着三弦，唱着这首诗：

我是天空里的一片云，
偶尔投影在你的波心——
　　你不必讶异，
　　更无须欢喜——
在转瞬间消灭了踪影。

你我相逢在黑暗的海上，
你有你的，我有我的，方向。
　　你记得也好，
　　最好你忘掉，
在这交会时互放的光亮！

　　朋友们，志摩是走了，但他投的影子会永远留在我们心里，他放的光亮也会永远留在人间，他不曾白来了一世。我们有了他做朋友，也可以安慰自己说不曾白来了一世。我们忘不了，和我们"在这交会时互放的光亮"！

二十年，十二月，三夜

郁达夫（1896—1945），原名郁文，字达夫。现代著名作家。1913年赴日留学，1922年从东京帝国大学毕业。1921年7月与郭沫若、成仿吾等在东京成立新文学团体创造社；同年第一部短篇小说集《沉沦》问世，影响巨大。其小说、诗歌、散文、文论、政论，多而优质，在现代文学史上独树一帜，代表作有《沉沦》《故都的秋》《春风沉醉的晚上》《过去》《迟桂花》等。其作品感情奔放，恣肆坦诚，同时又忧郁感伤，表现出强烈的个性特色。

志摩在回忆里

郁达夫

新诗传宇宙，竟尔乘风归去，同学同庚，老友如君先宿草；
华表托精灵，何当化鹤重来，一生一死，深闺有妇赋招魂。

这是我托杭州陈紫荷先生代作代写一副挽志摩的挽联。陈先生当时问我和志摩的关系，我只说他是我自小的同学，又是同年，此外便是他这一回的很适合他身份的死。

作挽联我是不会作的，尤其是文言的对句。而陈先生也想了许多成句，如"高处不胜寒""犹是深闺梦里人"之类，但似乎都寻不出适当的上下对，所以只成了上举的一联。这挽联的好坏如何，我也不晓得，不过我觉得文句作得太好，对仗对得太工，是不大适合于哀婉的本意的。悲哀的最大表示，是自然的目瞪口呆、僵若木鸡的那一种样子，这我在小曼夫人当初次接到志摩的凶耗的时候曾经亲眼见到过。其次是抚棺的一哭，这我在万国殡仪馆中，当日来吊的许多志摩的亲友之间曾经看到过。至于哀挽诗词的工与不工，那却是次而又次的问题了。我不想说志摩是如何如何地伟大，我不想说他是如何如何地可爱，我也不想说我因他之死而感到怎么怎么地悲哀，我只想把在记忆里的志摩来重描一遍，因而再可以想见一次他那副凡见过他一面的人谁都不容易忘去的面貌与音容。

大约是在宣统二年（1910）的春季，我离开故乡的小市，转入当时的杭府中学读书——上一期似乎是在嘉兴府中读的，终因路远之故而转入了杭府——那时候府中的监督，记得是邵伯炯先生，寄宿舍是大方伯的图书馆对面。

当时的我，是初出茅庐的一个十四岁未满的乡下少年，突然间闯入了省府的中心，周围万事看起来都觉得新异怕人。所以在宿舍里，在课堂上，我只是诚惶诚恐，战战兢兢，同蜗牛似的蜷伏着，连头都不敢伸一伸出壳来。但是同我的这一种畏缩态度正相反的，在同一级同一宿舍里，却有两位奇人在跳跃活动。

一个是身体生得很小，而脸面却是很长，头也生得特别大的小孩子。我当时自己当然总也还是一个孩子，然而看见了他，心里却老是在想："这顽皮小孩，样子真生得奇怪。"仿佛我自己已经是一个大孩似的。还有一个日夜和他在一块，最爱做种种淘气的把戏，为同学中间的爱戴集中点的，是一个身材长得相当地高大，面上也已经满示着成年的男子的表情，由我那时候的心里猜来，仿佛是年纪总该在三十岁以上的大人——其实呢，他也不过和我们上下年纪而已。

他们俩，无论在课堂上或在宿舍里，总在交头接耳地密谈着，高笑着，跳来跳去，和这个那个闹闹，结果却终于会出其不意地做出一件很轻快、很可笑、很奇特的事情来吸引大家的注意的。

而尤其使我惊异的，是那个头大尾巴小、戴着金边近视眼镜的顽皮小孩，平时那样地不用功，那样地爱看小说——他平时拿在手里的总是一卷有光纸上印着石印细字的小本子——而考起来或做起文来却总是分数得的最多的一个。

像这样的和他们同住了半年宿舍，除了有一次两次也上了他们一点小当之外，我和他们终究没有发生什么密切一点的关系，后来似乎我的宿舍也换了，除了在课堂上相聚在一块之外，见面的机会更加少了。年假之后第二年的春天，我不晓得为了什么，突然离去了府中，改入了一个现在似乎也还没有关门的教会学校。从此之后，一别十余年，我和这两位奇人——一个小孩，一个大人——终于没有遇到的机会。虽则在异乡漂泊的途中，也时常想起当日的旧事，但是终因为周围环境的迁移激变，对这微风似的少年时候的回忆，也没有多大的留恋。

民国十三四年之交，我混迹在北京的软红尘里。有一天风定日斜的午后，我忽而在石虎胡同的松坡图书馆里遇见了志摩。仔细一看，他的头，他的脸，还是同中学时候一样发育得分外地大，而那矮小的身材却不同了，非常之长大了，和他并立起来，简直要比我高一二寸的样子。

他的那种轻快磊落的态度，还是和孩时一样，不过因为历尽了欧美的游程之故，无形中已经锻炼成了一个长于社交的人了。笑起来的时候，可还是同十几年前的那个顽皮小孩一色无二。

从这年后，和他就时时往来，差不多每礼拜要见好几次面。他的善于座谈、敏于交际、长于吟诗的种种美德，自然而然地使他成了一个社交的中心。当时的文人学者、达官丽姝以及中学时候的倒霉同学，不论长幼，不分贵贱，都在他的客座上可以看得到。不管你是如何心神不快的时候，只教经他用了他那种浊中带清的洪亮的声音，"喂，老×，今天怎么样？什么什么怎么样了？"地一问，你就自然会把一切的心事丢开，被他的那种快乐的光耀同化了过去。

正在这前后，和他一次谈起了中学时候的事情，他却突然地果了一呆，张大了眼睛惊问我说：

"老李你还记得起记不起？他是死了哩！"

这所谓老李者，就是我在头上写过的那个顽皮大人，和他一道进中学的他的表哥哥。

其后他又去欧洲，去印度，交游之广，从中国的社交中心扩大而成为国际的。于是美丽宏博的诗句和清新绝俗的散文，也一年年地积多了起来。1927 年的革命之后，北京变了北平，当时的许多中间阶级者就四散成了秋后的落叶。有些飞上了天去，成了要人，再也没有见到的机会了；有些也竟安然地在牖下到了黄泉；更有些，不死不生，仍复在歧路上徘徊着，苦闷着，而终于寻不到出路。是在这一种状态之下，有一天在上海的街头，我又忽而遇见了志摩。

"喂，这几年来你躲在什么地方？"

兜头地一喝，听起来仍旧是他那一种洪亮快活的声气。在路上略谈了片刻，一同到了他的寓里坐了一会，他就拉我一道到了大赉公司的轮船码头。因为午前他刚接到了无线电报，诗人太果尔①回印度的船系定在午后五时左右靠岸，他是要上船去看看这老诗人的病状的。

当船还没有靠岸，岸上的人和船上的人还不能够交谈的时候，他在码头上的寒风里立着——这时候似乎已经是秋季了——静静地呆呆地对我说：

"诗人老去，又遭了新时代的摈斥，他老人家的悲哀，正是孔子的悲哀。"

因为太果尔这一回是新从美国、日本讲演回来，在日本、在美国都受了一部分新人的排斥，所以心里是不十分快活的，并且又因年老之故，在路上更染了一场重病。志摩对我说这几句话的时候，双眼呆看着远处，脸色变得青灰，声音也特别地低。我和志摩来往了这许多年，在他脸上看出悲哀的表情来的事情，这实在是最初也便是最后的一次。

从这一回之后，两人又同在北京的时候一样，时时来往了。

---

① 今译泰戈尔。——编者注。

可是一则因为我的疏懒无聊，二则因为他跑来跑去地教书忙，这一两年间，和他聚谈时候也并不多。今年的暑假后，他于去北平之先曾大宴了三日客。头一天喝酒的时候，我和董任坚先生都在那里。董先生也是当时杭府中学的旧同学之一，席间我们也曾谈到了当日的杭州。在他遇难之前，从北平飞回来的第二天晚上，我也偶然的，真真是偶然的，闯到了他的寓里。

那一天晚上，因为有许多朋友会聚在那里的缘故，谈谈说说，竟说到了十二点过。临走的时候，还约好了第二天晚上的后会才兹分散。但第二天我没有去，于是就永久失去了见他的机会了，因为他的灵柩到上海的时候是已经殓好了来的。

文人之中，有两种人最可以羡慕。一种是像高尔基一样，活到了六七十岁，而能写许多有声有色的回忆文的老寿星；其他的一种是如叶赛宁一样的光芒还没有吐尽的天才夭折者。前者可以写许多文学史上所不载的文坛起伏的经历，他个人就是一部纵的文学史；后者则可以要求每个同时代的文人都写一篇吊他哀他或评他骂他的文字，而成一部横的放大的文苑传。

现在志摩是死了，但是他的诗文是不死的，他的音容状貌可也是不死的，除非要等到认识他的人老老少少一个个都死完的时候为止。

1931 年 12 月 11 日

附记

上面的一篇回忆写完之后，我想想，想想，又在陈先生代作的挽联里加入了一点事实，缀成了下面的四十二字：

三卷新诗，廿年旧友，与君同是天涯，只为佳人难再得；
一声河满，九点齐烟，化鹤重归华表，应愁高处不胜寒。

1931 年 12 月 19 日

林徽因（1904—1955），原名林徽音，中国著名建筑师、诗人和作家，一代才女。1927年获美国宾夕法尼亚大学学士学位，后进入耶鲁大学戏剧学院。1928年回国，先后任职于东北大学、中国营造学社和清华大学。20世纪30年代，与梁思成用现代科学方法研究中国古代建筑，成为这一领域的开拓者。其文学作品有散文、诗歌、小说、剧本、译文和书信等，代表作《你是人间的四月天》《莲灯》《九十九度中》等。

悼志摩

林徽因

11月19日我们的好朋友、许多人都爱戴的新诗人徐志摩，突兀地、不可信地、惨酷地，在飞机上遇险而死去。这消息在20日的早上像一根针刺猛触到许多朋友的心上，顿使那一早的天墨一般地昏黑，哀恸的哽咽锁住每一个人的嗓子。

志摩……死……谁曾将这两个句子连在一处想过！他是那样活泼的一个人，那样刚刚站在壮年的顶峰上的一个人。朋友们常常惊讶他的活动，他那像小孩般的精神和认真，谁又会想到他死？

突然地，他闯出我们这共同的世界，沉入永远的静寂，不给我们一点预告，一点准备，或是一个最后希望的余地。这种几乎近于忍心的决绝，那一天不知震麻了多少朋友的心！现在那不能否认的事实，仍然无情地挡住我们的前面。任凭我们多苦楚地哀悼他的惨死，多迫切地希冀能够仍然接触到他原来的音容，事实是不会为体贴我们这悲念而有些许更改；而他也再不会为不忍我们这伤悼而有些许活动的可能！这难堪的永远静寂和消沉便是死的最惨酷处。

我们不迷信地、没有宗教地望着这死的帷幕，更是丝毫没有把握。张开口我们不会呼吁，闭上眼不会入梦，徘徊在理智和情感的边沿，我们不能预期后会，对这死，我们只是永远发怔，吞咽枯涩的泪，待时间来剥削这哀恸的尖锐，痂结我们每次悲悼的创伤。那一天下午初得到消息的许多朋友不是全跑到胡适之先生家里么？但是除却拭泪相对，默然围坐外，谁也没有主意，谁也不知有什么话说，对这死！

谁也没有主意，谁也没有话说！事实不容我们安插任何的希望，情感不容我们不伤悼这突兀的不幸，理智又不容我们有超自然的幻想！默然相对，默然围坐……而志摩则仍是死去没有回头，没有音讯，永远地不会回头，永远地不会再有音讯。

我们中间没有绝对信命运之说的，但是对着这不测的人生，谁不感到惊异，对着那许多事实的痕迹又如何不感到人力的脆弱，智慧的有限。世事尽有定数？世事尽是偶然？对这永远的疑问我们什么时候能有完全的把握？

在我们前边展开的只是一堆坚质的事实：

"是的，他 19 日晨有电报来给我……"

"19 日早晨，是的！说下午三点准到南苑，派车接……"

"电报是九时从南京飞机场发出的……"

"刚是他开始飞行以后所发……"

"派车接去了，等到四点半……说飞机没有到……"

"没有到……航空公司说济南有雾……很大……"

只是一个钟头的差别；下午三时到南苑，济南有雾！谁相信就是这一个钟头中便可以有这么不同事实的发生，志摩，我的朋友！

他离平的前一晚我仍见到，那时候他还不知道他次晨南旅的，飞机改期过三次，他曾说如果再改下去，他便不走了的。我和他同由一个茶会出来，在总布胡同口分手。在这茶会里我们请的是为太平洋会议来的一个柏雷博士，因为他是志摩生平最爱慕的女作家曼殊斐儿①的姊丈，志摩十分地殷勤，希望可以再从柏雷口中得些关于曼殊斐儿早年的影子，只因限于时间，我们茶后匆匆地便散了。晚上我有约会出去了，回来时很晚，听差说他又来过，适遇我们夫妇刚走，他自己坐了一会儿，喝了一壶茶，在桌上写了些字便走了。我到桌上一看——

"定明早六时飞行，此去存亡不卜……"我怔住了，心中一阵不痛快，却忙给他一个电话。

"你放心，"他说："很稳当的，我还要留着生命看更伟大的事迹呢，哪能便死？……"

话虽是这样说，他却是已经死了整整两周了！

凡是志摩的朋友，我相信全懂得，死去他这样一个朋友是

---

① 今译曼斯菲尔德（1888—1923），英国女作家。——编者注。

怎么一回事！

现在这事实一天比一天更结实，更固定，更不容否认。志摩是死了，这个简单惨酷的实际早又添上时间的色彩，一周，两周，一直地增长下去……

我不该在这里语无伦次地尽管呻吟我们做朋友的悲哀情绪。归根说，读者抱着我们文字看，也就是像志摩的请柏雷一样，要从我们口里再听到关于志摩的一些事。这个我明白，只怕我不能使你们满意，因为关于他的事，动听的，使青年人知道这里有个不可多得的人格存在的，实在太多，绝不是几千字可以表达得完的。谁也得承认，像他这样的一个人世间便不轻易有几个的，无论在中国或是外国。

我认得他，今年整十年，那时候他在伦敦经济学院，尚未去康桥。我初次遇到他，也就是他初次认识到影响他迁学的逖更生①先生。不用说，他和我父亲最谈得来。虽然他们年岁上差别不算少，一见面之后便互相引为知己。他到康桥之后由逖更生介绍进了皇家学院，当时和他同学的有我姊丈温君源宁。一直到最近两月中源宁还常在说他当时的许多笑话，虽然说是笑话，那也是他对志摩最早的一个惊异的印象。志摩认真的诗情，绝不含有丝毫矫伪，他那种痴，那种孩子似的天真实能令人惊讶。源宁说，有一天他在校舍里读书，外边下了倾盆大

---

① 即高尔斯华绥·逖更生（Galsworthy Lowes Dickinson），英国作家。——编者注。

雨——唯是英伦那样的岛国才有的狂雨——忽然他听到有人猛敲他的房门，外边跳进一个被雨水淋得全湿的客人。不用说他便是志摩，一进门一把扯着源宁向外跑，说："快来！我们到桥上去等着。"这一来把源宁怔住了，他问志摩等什么在这大雨里。志摩睁大了眼睛，孩子似的高兴地说"看雨后的虹去"。源宁不只说他不去，并且劝志摩趁早将湿透的衣服换下，再穿上雨衣出去，英国的湿气岂是儿戏，志摩不等他说完，一溜烟地自己跑了！

以后我好奇地曾问过志摩这故事的真确，他笑着点头承认这全段故事的真实。我问："那么下文呢，你立在桥上等了多久，并且看到虹了没有？"他说记不清，但是他居然看到了虹。我诧异地打断他对那虹的描写，问他："怎么他便知道，准会有虹的。"他得意地笑答我说："完全诗意的信仰！"

"完全诗意的信仰"，我可要在这里哭了！也就是为这"诗意的信仰"，他硬要借航空的方便达到他"想飞"的宿愿！"飞机是很稳当的，"他说："如果要出事那是我的运命！"他真对运命这样完全诗意的信仰！

志摩我的朋友，死本来也不过是一个新的旅程，我们没有到过的，不免过分地怀疑，死不定就比这生苦，"我们不能轻易断定那一边没有阳光与人情的温慰"，但是我前边说过最难堪的是这永远的静寂。我们生在这没有宗教的时代，对这死实在太没有把握了。这以后许多思念你的日子，怕要全是昏暗的苦楚，不会有一点点光明，除非我也有你那美丽的诗意的信仰！

我个人的悲绪不禁又来扰乱我对他生前许多清晰的回忆，朋友们原谅。

诗人的志摩用不着我来多说，他那许多诗文便是估价他的天平。我们新诗的历史才是这样的短，恐怕他的判断人尚在我们儿孙辈的中间。我要谈的是诗人之外的志摩。人家说志摩的为人只是不经意的浪漫，志摩的诗全是抒情诗，这断语从不认识他的人听来可以说很公平，从他朋友们看来实在是对不起他。志摩是个很古怪的人，浪漫固然，但他人格里最精华的却是他对人的同情、和蔼和优容：没有一个人他对他不和蔼，没有一种人，他不能优容；没有一种的情感，他绝对地不能表同情。我不说了解，因为不是许多人爱说志摩最不解人情么？我说他的特点也就在这上头。

我们寻常人就爱说了解，能了解的我们便同情，不了解的我们便很落寞乃至于酷刻。表同情于我们能了解的，我们以为很适当；不表同情于我们不能了解的，我们也认为很公平。志摩则不然，了解与不了解，他并没有过分地夸张，他只知道温存、和平、体贴，只要他知道有情感的存在，无论出自何人，在何等情况之下，他理智上认为适当与否，他全能表几分同情，他真能体会原谅他人与他自己的不相同处，从不会刻薄地单支出严格的迫仄的道德的天平指摘凡是与他不同的人。他这样的温和，这样的优容，真能使许多人惭愧，我可以忠实地说，至少他要比我们多数的人伟大许多；他觉得人类各种的情感动作全有它不同的、价值放大了的人类的眼光，同情是不该只限于我们划定的范围内。他是对的，朋友们，归根说，我们能够懂得几个人，了解几桩事，几种情感？哪一桩事，哪一个人没有多面的看法！为此说来，志摩朋友之多，不是个可怪的事；凡是认得他的人，不论深浅，对他全有特殊的感情，也是极自然的结果。而反过来看，他自己在他一生的过程中却是很少得着同情的。不只如是，他还曾为他的一点理想的愚诚几次几乎不见容于社会，但是他却未曾为这个而鄙吝他给他人的同情心。他的性情，不曾为受了刺激而转变刻薄暴戾过，谁能不承认他几有超人的宽量。

志摩的最动人的特点，是他那不可信的纯净的天真，对他的理想的愚诚，对艺术欣赏的认真，体会情感的切实，全是难能可贵到极点。他站在雨中等虹，他甘冒社会的大不韪争他的恋爱自由，他坐曲折的火车到乡间去拜哈代，他抛弃博士一类的引诱卷了书包到英国，只为要拜罗素做老师，他为了一种特异的境遇，一时特异的感动，从此在生命途中冒险，从此抛弃所有的旧业，只是尝试写几行新诗——这几年新诗尝试的运命并不太令人踊跃，冷嘲热骂只是家常便饭——他常能走几里路去采几茎花，费许多周折去看一个朋友说两句话。这些，还有许多，都不是我们寻常能够轻易了解的神秘。我说神秘，其实竟许是傻，是痴！事实上他只是比我们认真、虔诚到傻气，到痴！他愉快起来他的快乐的翅膀可以碰到天，他忧伤起来，他的悲戚是深得没有底。寻常评价的衡量在他手里失了效用，利害轻重他自有他的看法，纯是艺术的、情感的、脱离寻常的原则，所以往常人常听到朋友们说到他总爱带着嗟叹的口吻说："那是志摩，你又有什么法子！"他真的是一个怪人么？朋友们，不，一点都不是，他只是比我们近情、近理，比我们热诚，比我们天真，比我们对万物都更有信仰，对神、对人、对灵、对自然、对艺术！

朋友们，我们失掉的不只是一个朋友，一个诗人，我们丢掉的是一个极难得可爱的人格。

至于他的作品全是抒情的么？他的兴趣只限于情感么？更是不对。志摩的兴趣是极广泛的。就有几件，说起来，不认得他的人便要奇怪。他早年很爱数学，他始终极喜欢天文，他对天上星宿的名字和部位就认得很多，最喜暑夜观星，好几次他坐火车都是带着关于宇宙的科学的书。他曾经疯过爱因斯坦的相对论，并且在1922年便写过一篇关于相对论的东西登在《民铎》杂志上。他常向思成说笑："任公先生的相对论的知识还是从我徐君志摩大作上得来的呢，因为他说他看过许多关于爱因斯坦的哲学都未曾看懂，看到志摩的那篇才懂了。"今夏我在香山养病，他常来闲谈，有一天谈到他幼年上学的经过和美国克莱克大学两年学经济学的景况，我们不禁对笑了半天，后来他在他的《猛虎集》的"序"里也说了那么一段。可是奇怪的！他不像许多天才，幼年里上学，不是不及格，便是被斥退，他是常得优等的。听说有一次康乃尔①暑校里一个极严的经济教授

---

① 今译康奈尔。——编者注。

还写了信去克莱克大学教授那里恭维他的学生，关于一门很难的功课。我不是为志摩在这里夸张，因为事实上只是为了这桩事，今夏志摩自己便笑得不亦乐乎！

此外他的兴趣对于戏剧、绘画都极深浓，戏剧不用说，与诗文是那么接近，他领略绘画的天才也颇可观，后期印象派的几个画家，他都有极精密的爱恶，对于文艺复兴时代的那几位，他也很熟悉，他最爱鲍提且利①和达文骞②。自然他也常承认文人喜画常是间接地受了别人论文的影响，他的，就受了法兰（Roger Fry）③和斐德（Walter Pater）④的不少。对于建筑审美，他常常对思成和我道歉说："太对不起，我的建筑常识全是Ruskins⑤那一套。"他知道我们是最讨厌Ruskins的。但是为看一个古建的残址、一块石刻，他比任何人都热心，都更能静心领略。

他喜欢色彩，虽然他自己不会作画，暑假里他曾从杭州给我几封信，他自己叫它们作"描写的水彩画"，他用英文极细致地写出西边桑田的颜色，每一分嫩绿，每一色鹅黄，他都仔细地观察到。又有一次他望着我园里一带断墙半晌不语，过后他告诉我说，他正在默默体会，想要描写那墙上向晚的艳阳和刚

---

① 今译米开朗琪罗·博纳罗蒂。——编者注。

② 今译达·芬奇，意大利文艺复兴三杰之一，代表作有《最后的晚餐》《蒙娜丽莎》等。——编者注。

③ 今译罗杰·弗莱，英国艺术史家、艺术批评家和美学家。——编者注。

④ 今译瓦尔特·佩特，英国批评家。——编者注。

⑤ 即拉斯金，英国艺术评论家。——编者注。

刚入秋的藤萝。

对于音乐，中西的他都爱好，不只爱好，他那种热心便唤醒过北平一次——也许唯一的一次——对音乐的注意。谁也忘不了那一年，客拉司拉到北平在"真光"拉一个多钟头的提琴①。对旧剧他也得算"在行"，他最后在北平那几天我们曾接连地同去听好几出戏，回家时我们讨论得热闹，比任何剧评都诚恳、都起劲。

谁相信这样的一个人，这样忠实于"生"的一个人，会这样早地永远地离开我们另投一个世界，永远地静寂下去，不再透些许声息！

我不敢再往下写，志摩若是有灵，听到比他年轻许多的一个小朋友拿着老声老气的语调谈到他的为人不觉得不快么？这里我又来个极难堪的回忆，那一年他在这同一个的报纸上写了那篇伤我父亲惨故的文章②，这梦幻似的人生转了几个弯，曾几何时，却轮到我在这风紧夜深里握笔吊他的惨变。这是什么人生？什么风涛？什么道路？志摩，你这最后的解脱未始不是幸福，不是聪明，我该当羡慕你才是。

---

① 客拉司拉到北平在"真光"拉一个多钟头的琴：指美籍小提琴家 Fritz Kreisler，"真光"指真光电影院，即今儿童剧院。——据梁思成、林徽因之子梁从诚注。

② 那一年他在这同一个的报纸上写了那篇伤我父亲惨故的文章：指徐志摩 1926 年 2 月所作《伤双栝老人》一文。——据梁思成、林徽因之子梁从诚注。

何家槐（1911—1969），笔名永修、先河等。1930 年自浙江省立第七中学高中毕业，考入上海中国公学大学部，先后在政治经济学系和中国文学系学习。1932 年转入暨南大学外文系。中学时就爱好写作，在中国公学求学期间曾发起组织白虹文艺社；1936 年被选为中国文艺家协会候补理事。抗战胜利后，于广州参加创办《自由世界》刊物。著有短篇小说集《恶行》《暧昧》《竹布衫》《寒夜集》以及散文集《怀旧集》《稻粱集》。

怀志摩先生

何家槐

我正在急切地盼望寒假，因为志摩先生北上时，曾经说了又说："寒假我准回上海，一到我马上通知；你如不回家，又可时常到我这儿玩。"

我成天就只想到这个——寒假的来到。他临走，火车就要开的时候，还忘不了叮咛我用功英文。说我寒假去看他，要留我住几天，考试考试我半年来的成绩。他说要我念名家的诗，比方说济慈的，他希望我能学得像一个样子。他说得那样恳切，那样真诚，真叫我感动。这半年来，我身体不好，又兼国家多患难（宣传请愿就花了我不少的光阴），实在无心情念书。几个月过了，我还是一无成绩。我真怕面对面地试验，那太难，太不易蒙混。没有真货色，你就得红脸。但我还是很盼望寒假。我每每幻想一个大冻的寒夜，一炉熊熊的白火，前面坐了我们两个人，像师生，又像兄弟，旁边蹲着他最疼的猫——那纯粹的诗人。它一定滚动着灵活的眼，半了解半怀疑地，向着我们望。空气又暖和，又宁静，白发苍然的竺旦（即泰戈尔）先生，怪舒服地坐在大椅上，注视着寒冷的门外。在一阵寒暄以后，我照着预定的课程取出诗集，朗声地念了起来。我英文根基浅，那深奥的诗，我一定不能完全了解。我也准不会念得准确，念得流利。听了那艰涩的、吃力的声音，看了那一半惭愧、一半懊丧的样子，他准会发笑。我实在继续不下去了，他一定会开导我，像教师，又像父兄，那样地和蔼！如果我还是不懂，我想他还会像平日一样地取笑我说："家槐，你的聪明还不及它——"指着他那纯粹的诗人。怕我误会，他又会连忙解释："当然这是说笑话的。"……多生动的幻想！我以为再过一个月就会实现了，谁料我的梦竟永远成了泡影！

志摩先生待人，真是再温柔再诚心不过的。不论老小男女，谁都爱他的脾气。我性情原很忧郁，很固执，他时常劝我学活泼一些。不论在口头或通讯中，他始终眷眷地叫我去了书呆子气，叫我举动不要太呆板、太刻画，要我多交际，衣服也不要穿得太随便，起码要成个样子。我答应是答应的，但不曾照做。"江山好移，本性难改"，这话是真的。我虽想努力振作，结果还是懒得不成话，落拓得异常。虽是因为穷，大半还是因为自己太不要好，太不自爱，太不会修饰。我从不戴帽，头发长得像狗毛，不修面，也不刮胡子，而且不论季候地穿着一件长衫，一双从不擦油的皮鞋，走路一拖一拖，讲话一顿一顿，眉头老是跟谁斗气似的紧蹙。那种落魄、颓丧、破烂的样子，给一个愉快、漂亮、爱谈笑、不喜欢沉闷的人瞧见，如果不是这样好讲话的志摩，谁容受得下？谁耐烦，谁愿意周旋？但你看，他不但不怕麻烦，反而很喜欢同我一道。有时我坐在他的书房里一连几个钟头，简直"守口如瓶"的，缄默着不吱一声。那种沉默真叫人气闷。我现在想起自己的那种阴阳怪气，毫无理由地给人不欢，真后悔。看我很忧郁，很烦心，他老是不安似的问："什么事使你这样烦闷？我看着你的样子难受。"是的，究竟什么事使我这样烦闷？这连我自己也不明白。我只觉得一片灰暗，渺渺茫茫的，不知道什么是苦闷的原因。我心地太窄，不开朗，什么事我都只看背光的一面。生命与欢乐，在我仿佛是全没份儿。我的成天呆着脸，不快活，连自己也是无能为力。所以听到他的话，我只有苦笑，这当然更使他难堪。在这种时候，他只得跟我枯坐，硬着头皮活受罪，因为我的心一沉，谁也挽回不了我的欢乐。我自己忧心如焚，就埋怨到人家，我最怕在自己无光的面前，出现带笑容的脸。但一见了他，我就全改了脾气，反而在这种最难得高兴的日子，最爱去找他，找到了又觉无话可说，无事可做。就只在他那里呆坐几点钟，也似乎足以慰我。因此他在一礼拜内，受我闷气的总有几趟。但他从不曾对我表示不满，他老是那样和气，那样可亲；那几乎是慈爱的、殷殷垂问的态度，使我感到人情的温暖。我记得每次去，他老是要握一握我的右手，又紧又长久；有时他还似乎很高兴地叫：

"好久不见了呢。"

"不是前礼拜正来过吗?"

"喔是的,你似乎瘦了一点。"

"我觉得天天消瘦下去,你猜我几岁了?"

"二十三四吧。"

"二十一,你怕不会相信?"

"那有什么不可信的?"

"你已三十多,但看来,还是你年轻。"

"你瞎说!"

看我很不乐,他老是笑着,走近我的身边说:"你太沉闷了,我实在替你担心。你真像一个乡下的孩子!你应该多结交朋友,正当花时的青年,还不应该像花草一样的新鲜吗?"我听他讲,点点头,但还是沉默。在这种使人难过的氛围中,他不是朗声地念几句英文诗,就是看一看钟说:"快十二点了,我们吃饭吧。"

吃饭时的情形,我也是永远忘不了的。一上桌,不知怎么的,我就显得很拘束,眼睛看着了碗,仿佛不好意思大胆吃菜的样子。看了我那一筷是一筷、一瓢是一瓢,严谨到极了的举动,似乎很使他不安,大声地叫:"家槐吃火腿!""家槐吃鱼!"看到我不动,也不回答,于是他就替我挟了一大箸,放上我的碗。有次他要我吃虾,我回答说:"我不会,因为我不惯。""这有什么不会的——"他很温蔼地笑着说:"只要咬去就行了。"

今年夏天的一个早上，我在电车上忽然头昏脑涨地感到一阵眩晕，原因是中痧。在郁达夫先生家里吃了十滴水，就觉得比较清爽，到成和村的时候已经全好，不过还有点软弱。他没有起来，我就随便拿了一本小说看，不去惊动他。后来吃饭了，我在无意间说及早上的发痧，他不及听完，就连忙很惊惶地叫人买药，一面责问似的问我说："现在怎么样了，好过不？为什么不早点叫我，真是孩子，真是不懂事的孩子……"

我最大的痛苦，就是眼病。我是有沙眼的，据医生说，我的眼睫毛不时内卷，一遇到这种情形，我就痛苦得要命。他时常劝我医，我自己都随随便便，打算得过且过地马虎过去。他的急更甚于我自己，每次来信，总有几句跟下面差不多的意思的话："你的眼，我一想起便系念。身体是不能不顾管的，不论哪部分一出毛病，即受累无穷。你的眼既已不好，千万不可再在光亮不适处或已感到疲乏时勉强做工。眼睛关系太大，你非得养好。我想你不妨向家里单独要一点治费，趁这时治好。你年纪正轻，也不必过分急于成名。沙眼到瞎眼是极近的，万不可玩忽。你那不在意似的宽心，真使我替你着急……"其实我也何尝是宽心？我家境清贫，筹学费已是不易，我一人念大学就累得全家受苦，哪忍再为了我的一只眼，再向他们压榨？这苦衷，只是志摩先生知得最明白，因为只有向他我是什么话都会讲的。他最喜欢人坦白直率。有一次，我忍耐不住告诉他说：

"我虽想马上就医，但没有钱……"

"向家里要过没有？"

"没有。"

"也许你父亲会寄一点的。"

"那自然，但我不忍……"

"真为难——"他沉思了一刻说："那么你问过医生吗？"

"问过。"

"他说怎么医？"

"先开刀。"

"就是这样？"

"是的。"

"那费用一定不贵——"他忽然很高兴似的说："我替你负担就是。"

我没有话，在那时，我能说些什么呢？客套的感谢是无用的，他最恨虚伪，最恨敷衍。他平常说："下次客气话不准再说了，况且我并没有帮你什么忙。只要你诚诚心心把我当一个老阿哥看，我就快活……"他就只要"诚诚心心"。当着他那真诚的笑容，谁能说一句假话？我性急，但他从容的时候虽很从容，一急却比我还急。他那股天火似的热情，不允许应做的事有一刻迟缓。就如那一次，他马上给我钱，要我立刻上医院。那也是冬天，外面是阴霾的云，刮着人要倒的风，我真不愿离开那舒服的沙发，那温暖的火炉。但他不容我再坐，拖我起来，把我送出门外。他又怕我只图省钱，所以一连告诉我四次，说如果三等不干净，可住二等，钱不够尽管打电话给他，他总能够替我设法。我真的住了二等。刚到院一天，我就接着他的来信：

"难为你在这大冷天，雨天，一个人关着一只眼，在医院里干闷。我不能去看你，又不能多写一点给你解闷。你眼未好以前，我劝你不必急于写文章。眼睛是大事情，我们没有它，天地就昏黑。你先养好，痊了再计划做事吧。……在院时以多睡静养为宜，切不可过度劳神……"

我小说写得不多，一半因为懒，一半因为生活太不安定。而且我的性情也躁急，什么都想速成。一篇小说往往写得很粗率，本来还有许多可写的，但为了早点把它结束，早点送它出去试命运，我就糊糊涂涂地把它结上一条尾巴。譬如去年暑间最炎热的日子，我竟一口气写了一万多字，在两天以内。（那当然是糟！）他往往为了我的这种坏脾气担忧，说我原很可以写，如果用心点，竟许有自己不意料的成功在等候着。但我不潜心修养，不向更高处呼吸，更深处着想，得到的一定只是小成。他像这样地劝我，始终是很温和，很真诚恳挚的。我又不时地愁穷，不高兴多写文章，他老是很郑重地诫我："文章你能写，当然要继续向前努力。写好文章是终身的愉快，穷是不碍的，况且写文章的谁不是穷？……"

我从不曾向他要字，今年暑天忽然想到要他写一张屏。我也从不曾送他礼物，也是今年夏天，我从家里带出一只洋——其实还不到一只洋的鲜梨，一共只二三十个，他还是拼命地不肯全受。"我只要十个尝尝味就行——"他坚持着说："你得带几只回去自己吃吃。""亏你这样远的路带了出来，"他又问："可是很甜？""是的，"我回答："又甜又清凉，包你欢喜。"我一边说，一边把梨从小网篮中取出，放在桌上。"你不受，烂也要烂在你的家里——"我比他更坚持，"我千辛万苦地带出来就是为你。"看我说得很认真、很严肃似的，他大声地笑了。"那么你也非得带回去四只。"他竟不容人分说的，硬把四只梨投入我的网篮，于是他大声地笑了。喔，我怎能忘了他那又活泼、又天真、又洪亮的笑声！

还有一次，我在他的抽屉里乱翻，看他的许多信简。过几天去的时候，他很严正地责问我："家槐，你为什么看我的私信？你知道这是犯法的，许多夫妻竟因此离异。"但那严正只是一刹那的。看见我不声响，生怕我难堪，于是他又很温柔地说："不过我是不要紧的，你千万不要介意。"

他临走的前一天，我向他要张小照，留个纪念。他说到北平后再寄给我，因为没有现成的，我以为他随口说说，一定要忘掉，哪料在 11 月 16 日的下午，我竟意外地收到了。这是一张最近的留影，精神很好。在 19 日早晨，我还发了一信，说照片已到，谢谢他不曾忘掉答应。哪料信刚发，我就看到报上他惨死的消息了。这惊人的死，我如今似乎还不能信，谁料这离奇的天命？但事实明明摆在我的眼前，我明明眼见他的灵柩运回上海，眼见他那宁静的、在永远安息中的、灰白的脸孔。我不能自欺，这惨酷的陨落终于不容我否认。想起他死时的惨以及生前的种种，我哪能禁住中怀的摧痛？

"……最初消息来时，我只是不信，那其实是太突兀，太荒唐，太不近情。我曾经几回梦见你生还，叙述你历险的始末，多活现的梦境！……"他在五年前，曾经这样沉痛地伤过双栝老人，现在我竟有机会转借来悼念他自己了。我已永远无机会再见他，再听他谈话，再握他那又肥又白的双手。生与死的界限，已把我们毫不容情地隔绝。除了一张小照，我就无处再瞻仰他的遗容；除了一些信，一张屏，我也无处再可以亲他笔墨，多难料的骤殁！他最关心我的第一集小说。他原把它介绍到《新月》，因为一时支不到稿费，又替我转送到大东。那里印得慢，生怕我焦急，又只得为我把它交还《新月》。为了它，他不知费了多少周折，受了多少麻烦。他临走时向我说："你的集子出来时，我倒要仔细看它一遍，替你写点批评。"谁料我的集子还不曾出，他已永离人世的罗网，重归来处，将来睹物怀人，叫我能不黯然！

他最爱的是娘，她的死给他很大的痛苦。有机会马上去亲那另一世界的母爱，他的许多亲人，竟许跟他自己说的一样，"在坟墓的那一边开着天伦的怀抱，守候着他们的'志摩'，共享永久的安闲……"而且他也曾说过："从生入死，在我有时看来，只是投入了一种异样的冒险。"所以这半空的死，或许是他巴望已久的解化。那另一个世界，也许是他认为更美、更诗化的、更永远的和谐，但在这荒歉的中国文坛，却始终是个无法补偿、无可挽回的损失。想到他未完的、伟大的使命，和他那不散的诗魂，定在泰山的极巅，当万籁俱寂的五更天，恨绵绵地，怅望着故乡的天涯！

梁漱溟（1893—1988），著名思想家、哲学家、教育家、社会活动家，现代新儒家早期代表人物，有"中国最后一位儒家"之称，在20世纪中国思想史和哲学史上有重要地位。1912年自北京顺天中学毕业，1917年应聘到北京大学哲学系任讲师，1919年出版《印度哲学概论》，1922年出版《东西文化及其哲学》，1929年到北平主编《村治月刊》，1937年出版《乡村建设理论》，1949年出版《中国文化要义》。

纪念梁任公先生

梁漱溟

今天为梁任公先生逝世第十四周年，友人张旭光、周之风诸君提议撰写纪念文。去年漱自香港返桂，尝应友人嘱写有蔡子民先生逝世周年纪念文一篇①。愚往者既同受知于蔡、梁两先生，则兹于纪念梁先生之文，自不容辞。纪念蔡先生文中曾指出蔡先生之伟大处，复自道其知遇之感。今为此文，大致亦同。

一、 怎样认识任公先生的伟大

欲知任公先生的伟大，须同其前后同时人物做一比较。例如蔡先生即其前后同时人物之一。两位同于近五十年的中国，

---

① 即本书所收《纪念蔡先生——为蔡子民先生逝世二周年作》一文。——编者注。

有最伟大之贡献，而且其贡献同在思想学术界，特别是同一引进新思潮，冲破旧网罗，推动了整个国家大局。然而奇怪的是，任公少于蔡先生八岁，论年辈应稍后，而其所发生之影响却在前。就在近五十年之始，便是他工作开始之时。在距今四十年前，在思想界已造成了整个是他的天下。在距今三十五年前后的中国政治全为立宪运动所支配，而这一运动即以他为主。当他的全盛时代，年长的蔡先生却默默无闻（蔡先生诚早露头角，但对广大社会而言则是如此）。蔡先生从"五四运动"打出来他的天下，那是距今二十四年的事。欧战以后的新思潮于此输入（特别是反资本主义潮流），国民革命于此种其因。所以他的影响到大局政治，不过近二十年的事。

当任公先生全盛时代，广大社会俱感受他的启发，接受他的领导。其势力之普遍，为其前后同时任何人物——如康有为、严几道、章太炎、章行严、陈独秀、胡适之等——所赶不及。我们简直没有看见过一个人可以发生像他那样广泛而有力的影响。康氏原为任公之师，任公原感受他的启发，接受他的领导。却是不数年间，任公的声光远出康氏之上，而掩盖了他。但须注意者，他这一段时期并不甚长。像是他登台秉政之年（民国二年、民国六年两度），早已不是他的时代了。再进到"五四运动"以后，他反而要随着那时代潮流走了。民国八九年后，他和他的一般朋友蒋百里、林长民、蓝志先、张东荪等，放弃政治活动组织"新学会"，出版《解放与改造》及共学社丛书，并在南北各大学中讲学，完全是受蔡先生在北京大学开出来的新风气所影响。

因此，论到所给予社会影响之久暂比较上，任公每又不如其他的人。所以有人评论他几句话：

> 其出现如长慧烛天，如琼花照世，不旋踵而光沉响绝，政治学术两界胥不发生绵续之影响。——此正任公之特异处。

> （《思想与时代》第十三期陈伯庄通讯）

这是很对的。我们由是可以明白诸位先生虽都是伟大的，然而其所以伟大却各异，不可马虎混同。任公的特异处，在感应敏速，而能发皇于外，传达给人。他对于各种不同的异想学术极能吸收，最善发挥，但缺乏含蓄深厚之致，因而亦不能绵历久远。像是当下不为人所了解，历时愈久而价值愈见者，就不是他所有的事了。这亦就是为何他三十岁左右便造成他的天下，而蔡先生却待到五十多岁的理由。他给中国社会的影响，在空间上大过蔡先生，而在时间上将不及蔡先生，亦由此而定。

从前韩信和汉高祖各有卓越的天才，一个善将兵，一个善将将。蔡、梁两先生比较，正复相似。蔡先生好比汉高祖，他不必要自己东征西讨，却能收合一般英雄，共图大事。任公无论治学和行文，正如韩信将兵，多多益善，自己冲锋陷阵，所向无前。他给予人们的影响是直接的，为蔡先生所不及。

任公为人富于热情，亦就不免多欲。有些时天真烂漫，不失其赤子之心。其可爱在此，其伟大亦在此。然而缺乏定力，不够沉着，一生遂多失败。

二、 任公先生的生平得失

吾人纪念前贤，亦许应当专表彰他的功德。无奈我想念起任公先生来，总随着有替他抱憾抱悔之心。任公学术上的成就，是过于质，限于篇幅，不能悉数。今就其在政治上得失说一说。

清季政治上有排满革命和君主立宪两大派。任公一度出入其间，而大体上站在立宪一面，且为其领袖。固然最后革命派胜利，而国人政治思想之启发，仍得力于他者甚多，间接帮助了辛亥革命者甚大。国人应念其功，他自己亦可引以为慰。

民国成立，宋钝初（教仁）想实行政党内阁，正与任公夙怀合符。当时曾约定以全力助宋，可惜宋氏被刺，两派合作机会遂失。加以袁世凯方面种种笼络，国①民党方面种种刺激，卒成组织进步党对抗国民党之局。更进而有熊希龄受袁命组阁，隐然由进步党执政之局。末了，就陷于副署袁氏解散国会命令之重大责任，而不能逃。国会既散，政党根据全失，熊阁当然亦站不住。政治脱轨，大局败坏，任公于此悔恨不及。这是他政治生活第一度失败。自然当日之事，由各方造成，任公不独尸其咎。却是春秋责备贤者，贤者引咎自责，不能不如此。

由任公先生之知悔，遂在袁氏帝制时，有奋起倒袁之举。

① 民国原书中并无"国"字，此处系编者根据上下文义所加。——编者注。

在倒袁运动上，先生尽了最大力量。假如说创建民国是革命派的首功，那么这次再造共和，却不得不让他的一派居首功了。当日事实自有史家载之史乘，兹不多述。这是任公先生的政治活动对于国家第一度伟大不磨之贡献。

可惜在倒袁中忽遭父丧，袁倒后先生治丧持服，未得出而秉政。于是种下了民国六年佐段（祺瑞）登台之事。在这里面还夹着一段反对康（有为）、张（勋）复辟。信有如任公几十年前所说"吾爱吾师，吾尤爱真理"者，可算作他第二度对于国家的贡献。

复辟既败，共和三造，段、梁携手执政，居然又有几分进步党内阁气概。此固为任公登台应有之阵容。但千不该，万不该，不肯恢复国会，而另造新国会，以致破坏法统，引起"护法之役"，陷国家于内战连年。这是他政治生活第二度严重失败。这次责任别无可诿，与前次不同。我们末学只有替他老先生怜惜，而他的政治生涯亦于此告终。

总论任公先生一生成就，不在学术，不在事功，独在他迎接新世运，开出新潮流，撼动全国人心，达成历史上中国社会应有之一段转变。这是与我纪念蔡先生文中所说"蔡先生所成就者非学术，非事功，而在其酿成一种潮流，推动大局，影响后世"正复相同的。

三、 我个人对任公先生的感念

我早年是感受任公先生启发甚深之一人。论年纪，我小于先生二十岁。当他二十几岁举办《时务报》《清议报》之时，我固不能读他的文章。即在他三十岁创刊《新民丛报》亦还不行。直待我十五岁，好像《新民丛报》已停刊，我寻到壬寅、癸卯、甲辰三整年六巨册《新民丛报》和《新小说》全年一巨册（约共五六百万字以上），又《立宪派与革命派之论战》一厚本（任公与汪精卫、胡汉民等往复辩难所有文章之辑合本）才得饱读。当时寝馈其中者约三四年。十八岁时，《国风报》出版，正好接着读下去。这是比我读五年中学更丰富而切实的教育。虽在今日，论时代相隔三十年以上，若使青年们读了还是非常有用的。可惜今日仅存《饮冰室集》，而原报殆不可得。那其中还有旁人许多文章和新闻时事等记载，约占什之八，亦重要。至今想来，我还认为是我的莫大幸福。

蔡先生著作无多，我读到亦不多，在精神上却同深向往。民国五年曾因范静生（源廉）先生介绍而拜见蔡先生。但对任公先生则未曾求见。因我先父多年佩服任公，当他从海外返国，亲往访四次未得一见，两度投书亦无回答，我更不敢冒昧。到民国九年，任公渐渐知道我。一日忽承他偕同蒋百里、林宰平两先生移尊枉步访我于家。由此乃时常返还。民十四年我编印先父遗书既成，送他一部。书中有先父自记屡访不遇投书不答之事，而深致其慨叹。我写信特指出这段话，请他看。他回信痛哭流涕数百言，深自咎责。嘱我于春秋上祭时，为他昭告说"启超没齿不敢忘先生（指我父）之教"。盖先父于慨叹其慢士之余，仍以救国大任期望于他也。此事在先父若有知，当为心快。而在我为人子者，当然十分感激他。（注：任公先生此一回信附后。）

十八年春上，我在广州闻任公先生逝世之讯，心中好大难过。念相交以来，过承奖爱，时时商量学问，虚心咨访（先生著作关于佛教者恒以初稿见示征问意见），而我未有以报。第一，他奔走国事数十年，所以求中国问题之解决者甚切，而于民族出路何在，还认不清。第二，他自谓服膺儒家，亦好谈佛学，在人生问题上诚为一个热心有志之士，而实没有弄明白。我于此两大问题渐渐若有所窥，亟思以一点心得当面请正。岂料先生竟作古人，更无从见面谈心，只有抱恨无穷而已。今为此文，虽时间又过去十多年，还是不胜其追怀与感念！

三十二年一月

附：任公先生十四年回答漱溟信

漱溟宗兄惠鉴：

读报知巨川先生遗文已裒辑印布，正思驰书奉乞，顷承惠简先施，感喜不可言馨。读简后，更检伏卯录中一段敬读，乃知先生所以相期许者如此其厚，而启超之所以遇先生者，乃如彼其无状。今前事浑不省记，而断不敢有他辞自讳饰其罪。一言蔽之，学不鞭辟入里，不能以至诚负天下之重，以致虚骄慢士，日侪于流俗人而不自觉，岂唯昔者，今犹是也。自先生殉节后，启超在报中读遗言，感涕至不可仰，深自懊恨并世有此人，而我乃不获一见（原注：后读兄著述而喜之，亦殊不知兄即先生之嗣，宰平相告，乃知之，故纳交之心愈切）。岂知先生固尝辱教至四五，而我乃偃蹇自绝如此耶！伏卯录中相教之语虽不多，正如晦翁所谓一棒一条痕，一掴一掌血，其所以嘉惠启超者实至大。末数语，盖犹不以启超为不可教，终不忍绝之；先生德量益使我知勉矣！愿兄于春秋洁祀时，得间为我昭告，为言："启超没齿不敢忘先生之教，力求以先生之精神拯天下溺，斯即所以报先生也。遗书尚未全部精读，但此种俊伟坚卓的人格感化，吾敢信其片纸只字皆关世道。其效力即不见于今，亦必见于后。吾漱溟其益思所以继述而光大之，则先生固不死也！"校事草创，课业颇忙。又正为亡妻营葬，益卒卒日不暇给。草草敬复奉谢，不宣万一。启超再拜。

十月一日

蔡元培（1868—1940），字鹤卿。浙江绍兴人。20 世纪中国杰出的教育家、思想家和民主主义革命家。1901 年出任中国教育会会长，1908 年赴德留学，1911 年回国。1912 年出任中华民国首任教育总长，同年 7 月辞职，9 月旅居德国。1916 年冬回国，出任北京大学校长。1928 年起任中央研究院首任院长。蔡元培先生毕生倡导教育救国、学术救国和科学救国，推动中国的思想启蒙和文化复兴。

刘半农[*]先生不死

蔡元培

刘先生死了！为青年模范的刘先生，是永远不会死的！

孔子说："知之者，不如好之者；好之者，不如乐之者。"说学者心理上进展的状况，是最好没有的了。从各种科学中或一种科学的各方面中，择自己性所最近的钻研起来，这是知的境界；研究开始了，渐感到这种工作的兴趣，废寝忘餐，只有这唯一的嗜好，这是好的境界；学成了，在适当的机会应用起来，搜罗新材料，创造新工具，熟能生巧，乐此不疲，虽遇到如何艰难，均不以为意，这是乐的境界。我个人所见到的刘先生，真是具此三种境界的。

---

*刘半农（1891—1934），本名利复，著名语言学家、文学家和教育家，新文化运动的先驱之一。——编者注。

刘先生早年求学的状况，我知道的不多；我认识他，是在民国六年，那时候刘先生已经二十余岁了，在大学预科任教员，在《新青年》杂志发表诗文。就在国内做"商量旧学，培养新知"的准备，亦未始不可，但他一定要出去留学。到了法国了，以他平日沉浸于文史的习惯，也未尝不可以选点轻松的学科，在讲堂上听听讲，在书本上寻点论文的材料，赚一个博士的证书；然而他经再三考虑以后，终选定了语音学。这是刘先生的知。他选定了这学科以后，对于测验的纤琐、计算的繁重，毫不以为苦。我到巴黎见他时，一问到，他就"头头是道""津津有味"地讲起来。这是刘先生的好。他回国了，在北京大学的国学门研究所布置语音学实验室，这是他的主要工作。当然能者多劳，他除北大研究所以外，还担任中央研究院史语研究所兼任研究员和各大学院长、教务长等职务，并在各杂志或日报上也有相当的发表；但是他的兴趣，还是集中于语音学。他时时有新的发明，如改良测验的仪器，由笨重变为轻便；改良计算的方法，由繁难变为简易。这些都是他最得意的事。他对于考察方音，绝不畏旅行的艰苦。此次由北平经绥远而达百灵庙，染病以后，尚极有兴会，不得已而回平，以至疾笃，亦从无怨天尤人的感想。这是刘先生的乐。以我个人的观察，刘先生可谓实践孔子所说"知之""好之""乐之"的三境界，可以为青年求学者的模范了。

刘先生虽不幸而死，但是无数青年如能以刘先生为模范，而对于所学能由"知之"以至于"好之"而至于"乐之"，则刘先生就永远不死了。

徐霞村（1907—1986），著名翻译家、学者和词典学家；在文学创作和学术研究方面都卓有建树，尤以译著成就突出，20 世纪 30 年代翻译的《鲁滨孙漂流记》蜚声全国。原名徐元度，笔名方原等。1925 年入北京中国大学哲学系。1927 年 5 月赴法勤工俭学，就读于巴黎大学文学院。1926 年开始在《晨报》副刊和《小说月报》等报刊上发表作品。1930 年后在北京大学等校任教。抗战胜利后主编《新湖北日报》。

半农先生和我

徐霞村

7 月 14 日的晚上，我在一个亲戚家里吃晚饭。饭后，有人提议到北京饭店的屋顶花园去看那庆祝法国共和纪念的节目，我立刻同意了。在回家更衣的途上，我心里充满了数月来稀有的兴致。

不料，一进门，妻劈头便对我说："刘半农先生死了。"我怔了一下，问她这消息是从哪里来的。她说是同住的毛先生告诉她的。我跑到老毛房里，只见他正垂头丧气地坐在沙发上打盹。和他谈了两句，才知道半农先生在西北染了回归热，返平后，被中医所误，抬到协和医院，病已不治，遂于本日下午三时逝世。

我回家时的那一团高兴早已被这突如其来的噩耗驱逐得无影无踪了。但是既已和人家约好，又不便失信，于是便快快地换好衣服，坐车到北京饭店。

在那屋顶花园上的几小时里，半农先生的死讯始终重重地压在我的心头，使我对于一切都觉得索然。我只觉得那面孔像Bull-dog的乐师的歌唱，仿佛没有尽头似的，而那些跳舞的女人尤其丑得使我肉麻。因此不到一点钟，我们就不欢而散了。

民国十五年夏天，半农先生受了《世界日报》之请，替他们编副刊。那时的我，虽然早已开始了我的文学生活，还是一个到处碰钉子的投稿者。有一天，我鼓着勇气寄了一篇文章给他。不料过了几天，我的文章居然登出来了。我当时的喜悦真是难以形容。此后，我便成了《世界日报》副刊的长期的撰述人。

过了两个月，我忽然接到半农先生一封信，叫我去见他。于是，第二天，我便怀着一颗狂跳的心，去叩北帅府胡同的一个住宅的门。当听差把我领到客厅里候着的时候，我一面浏览着那些书架上的书，一面在心里描绘着主人的样子。我猜想我所要看到的一定是一位须发花白、又瘦又小的老学者。但是当室的主人走进客室时，我简直惊讶得不知所措了，因为那饱满而无须的面孔，那闪闪有光的两眼，简直像一个三十岁不到的人，完全和我所想象的不同。从头几句话里，我便看出半农先生是很健谈的。我一向见了生人总是不知道说什么话好的，但是半农先生却很自然地把我从这种窘态里救了出来。我们海阔天空地谈了一小时，便有一位梳着辫子的十一二岁的小姑娘（我想大概是小蕙小姐）进来对客人鞠了一个躬，转身向半农先生说："爸爸，医生来了。"于是我们的谈话也就告终。

像这样的谈话，在半农先生编《世界日报》副刊其余的几个月里，大概有两三次。不久半农先生便因病辞去这个职务，而我也因为家里搬到上海，南下度岁。

十六年春，我因为预备到欧洲去，从上海写了一封信给半农先生，请他给我介绍几位欧洲的朋友，他很快地回了我一封信。里面附了两封介绍信，此外他自己又用很幽默的口吻，告诉了我许多旅行欧洲的秘诀。至今回想起那封信，还觉得"言犹在耳"。

从欧洲回来，我在上海卖文为生。因为生活不安定，总没有和远处的亲友通信的心情，只是偶尔从北平来的朋友们的口里，打听到一点半农先生的消息，知道他在北平身兼数职，忙得不亦乐乎。

十九年夏天，我从上海回到北平，从电话簿子上知道半农先生搬了家。我给他打了一个电话，告诉他我已来平，请他约一个时候谈谈。他说就请晚上八点来吧。于是在灯光之下，我又重见到四年未见的半农先生。除了唇上留了一点短髭之外，他似乎一点都没有改变，而精神反而仿佛比以前更好了。

这几年来，我个人忙于自己的职务，很少有长谈的机会，只是偶然在街上或宴会上见到时，招呼一下罢了。但是从几个展览会里，我看到了半农先生所发明的音韵学上的仪器和他的新练出来的书法，这些努力都使我这比较年轻的人感到惭愧。

距半农先生去世前三个星期左右，北平文学评论社在中央公园开茶会，半农先生和我都在座，但是因为座位离得太远，竟未能交谈，谁知这次就成了我们的最后的见面！

半农先生在学术上的成熟，自有专家为他介绍，用不着我来置喙。我觉得半农先生最可佩服的地方，就是他的做事的精神。当他编《世界日报》副刊时，《世界日报》因为经济奇窘，时常欠他的车马费，但是他仍旧认真地编下去，对于一切来稿，都要一个字不放松地看过一遍，每天老早就把稿子预备好，等报馆里差人来取稿时，马上就可以取去，从来没有一点麻烦。在这一点上，我受半农先生的影响非常大。我这人是世界上最懒的人，但是当我编一种刊物时，我却对每篇来稿，要从头至尾看一遍，因为我觉得假如不是这样，我就对不起半农先生似的。

景深兄在他的纪念专号征稿信里说："你曾经帮忙过的，《世界日报》副刊的编者，刘半农先生死了。"其实景深兄错了，他应该说："帮忙过你的，《世界日报》副刊的编者，刘半农先生死了。"

林语堂（1895—1976），现代著名作家、翻译家、语言学家。福建龙溪人。1916 年在上海圣约翰大学获得学士学位，1920 年获哈佛大学文学硕士学位，1923 年获德国莱比锡大学语言学博士学位。曾任北京大学英文学系语言学教授、厦门大学文学系主任兼国学院秘书、联合国教科文组织艺术文学组组长、国际笔会副会长等职。其用英文所著《吾国与吾民》《生活的艺术》《京华烟云》等被译为多国文字。

辜鸿铭[*]

林语堂

一

少时在约翰大学图书馆，读到辜鸿铭著 *Papers from a Viceroy's Yamen*，见其文字犀利，好作惊人语，已深喜其矫健。时陈友仁办北京《英文日报》（*Peking Gazette*），亦约辜按月撰稿四篇，下课时每阅读二氏之文以为乐。不及一两月，辜即因故脱离不复作，并记得有牢骚文字见于报上。实则辜为人落落寡合，愈援助之人愈挨其骂。若曾借他钱，救他穷困，则尤非

---

[*]辜鸿铭（1867—1928），中国现代史上的一位奇才，学贯中西，曾任北京大学教授，主讲中国文学。著有《中国牛津运动权事》《中国人的精神》等。——编者注。

旦夕待其批颊不可，盖不如此不足见其倔强也。且辜主人治，陈主法治，思想固不相谋。后老袁称帝，陈在"天威咫尺"之下，直言无隐，力斥其非，总是与辜一般番仔脾气，辜生长槟榔屿，而陈生长西印度 Trinidad 也。二人皆有洋气，有洋气，即有骨气。吾前曾言孙中山亦有洋气，即指此。此种蛮子骨气，江浙人不大懂也。二氏又皆长英文，陈即直头盎格罗撒孙①学者，其思想意见毫无中国官僚气味，故与国人亦少能气味相投。孙中山则深得中国博大气质，辜只是狂生，而能深谈儒道精义。辜作中文吾未尝见，若孙中山一手好字，亦可见其相当造诣。辜、陈二氏皆长英文，而实非仅长英文，盖其思想议论，超人一等，故能发挥淋漓，此二氏之文之所以有魄力也。

世人言文人，总想到文字，大误特误。试思梁任公《新民丛报》之势力，在其文采乎，抑在其所代表之议论乎？陈独秀、胡适之之文学革命宣传力量，在其文胜过林琴南乎？抑在其所代表之新潮思想乎？有其思想，必有其文字。世之冒冒失失以文言文者亦可以省矣。至于文字，辜、陈皆未尝不漂亮，乃执以 Best English Tradition 衡之，拉丁名词仍是太多，英国口语仍是太少。二氏又有一相同之点。辜在思想上，陈在政治上，最善大言不惭，替吾国争面子。英人读之而喜，而惊，而敬，故其名亦大。善说"Yes，Sir"之英文学生，大可不读二氏之书，因道不同，学亦无用也。辜之文，纯为维多利亚中期之文，其

---

① Anglo-Saxon，今译盎格鲁—撒克逊。——编者注。

所口口声声引据亦 Matthew Arnold，Carlyle，Ruskin 诸人，而其文体与 Arnold 尤近。此由二事可见：（一）好重叠。比如在《春秋大义》一文，有此数句：We have now found the inspiration the living emotion that is in religion. But this inspiration or living emotion in religion is not only found in religion I mean Church religion. This inspiration or living emotion is known to everyone who… In fact, this inspiration or living emotion that is in religion is found… This inspiration or living emotion in religion, I say, is found not only in religion. （二）好用 I say 二字。

二

辜鸿铭善诙谐。其诙谐，系半由目空一切，半由好拆字。例如他说："今日世界所以扰攘不安，非由于军人，乃由于大学教授与衙门吏役。大学教授是半受教育，而衙门吏役是不受教育的人，所以治此两种人之病只在——给以真正教育。"其好拆字，可见于将德谟克拉西①拼为 Democrazy（德谟疯狂），又在其鄙恶新潮文学文中，将陀斯托斯基②拆为 Dosto-Whiskey。在中文上，亦复如此。他解姜字为立女，妾者靠手也（Elbow-rest），所以供男人倦时做手靠也。辜曾向二位美国女子做此说。女子驳曰："岂有此理？如此说，女子倦时，又何尝不可将男人做手

---

① 英文为 Democracy，今译民主。——编者注。
② 今译陀思妥耶夫斯基。——编者注。

靠？男人既可多妾多手靠，女子何以不可多夫乎？"言下甚为得意，以为辜辞穷理屈矣。不意辜回答曰："否否。汝曾见一个茶壶配四只茶杯，但世上岂有一个茶杯配四个茶壶者乎？"

实则辜鸿铭之幽默起源于其倔强之本性及其愤世嫉俗之见解。在举国趋新若鹜之时，彼则扬言尊礼；在民国时期，彼偏言尊君，偏留辫子；在崇尚西洋文明之时，彼力斥此西洋文化之非，细读其文，似非无高深见解，或缺诚意，然其持之过甚，乃由愤嫉而来。愤嫉原非坏事，比唉饭遗矢人云亦云者高一层，然试以精神分析言之，亦是一种压迫之反动而已。辜既愤世俗之陋，必出之以过激之辞，然在此过激辞气，便可看出其精神压迫来。想彼原亦只欲替中国人争面子出出气而已。故其言曰："The disorder and confusion in China today is only a functional disarrangement，whereas the anarchy in Europe and America is really an organic disorder."［"今日中国变乱病在失调（作用上的）而已，而欧美之无政府状态，乃在残缺（器官上的）。"］又曰："中国虽有盗贼贪官污吏，然中国的社会整个是道德的，西洋社会是不道德的。"夫以德化民，以政教民，孔道理论上何尝不动听？西洋法律观念之呆板及武力主义之横行，专恃法律军警以言治，何尝无缺憾？然中国无法治，人治之弊，辜不言；中国虽言好铁不打钉，而盗贼横行，丘八抢城，淫奸妇女，辜亦不言。《春秋大义》诚一篇大好文章，向白人宣孔教，白人或者过五百年后亦可受益，而谓中国不需法治，不需军警，未免掩耳盗铃。因有此见地，故说来甚是好听，骂人亦甚痛快。其言英人则曰流氓崇拜（指商人之操政治实权），引 Ruskin 之言而詈之曰鼠曰猪（Rats and Swine）。其言现代民国之中国人亦曰顽石不灵神经错乱之民国华人（Imbecile, Demented Republican Chinaman）。一人愤世嫉俗至此，开口骂人，自然痛快。

余谓儒家之弊，正在蔑视法律，以君子治国。殊不知一国之中，哪里有这许多君子可为部长为院长为所长为县长为校长乎？君子不够分派，而放小人于位，以君子之道待之，国欲不乱，其可得乎？既为君子，则不必监察也，君子横征暴敛，不必得百姓同意，凭其良心可也；君子营私舞弊，不必看其账簿，听其逍遥可也；君子勾结外敌，不必立法院通过，听其自订条约可也。向来中国政治只是一笔糊涂君子账。君子有德政，则为之竖牌坊；君子犯法，则不拘之下狱。是犹一商人公司，以君子之道待经理，无查账，无报告，卷款亦不追究。此种公司谁敢投资乎？不意辜氏正以此为中国政治哲学之优点。其言曰："中国所以不需宪法，一则因中国人民有廉耻观念——有极高的道德标准，二则因中国政府系创立于道德的基础，而非创立于'商业'的基础。"好听固然好听，然吾甚不愿为此公司股东也。今则不愿为股东，亦非投资不可。

三

辜氏个人尊君态度，世人颇欲得一解释。在 "The Story of a Chinese Oxford Movement" 文中有一段关系文字，并录于此：

袁世凯的行为，连盗跖贼徒之廉耻气义且不如。袁世凯原奉命出山以扶清室。既出，乃背忠弃义，投降革命党，百般狡计，使其士兵失了忠君之心，然后拥兵自卫，成为民国总统。……袁世凯不但毁弃中国民族之忠义观念，并且毁弃中国之政教，即中国之文明。

许多人笑我痴心忠于清室。但我之忠于清室，非仅忠于吾家世受皇恩之王室——乃忠于中国之政教，即系忠于中国之文明。

呜呼，辜作洋文，讲儒道，耸动一世，辜亦一怪杰矣。其旷达自喜，睥睨中外，诚近于狂。然能言顾其行，潦倒以终世，较之奴颜婢膝以事权贵者，不亦有人畜之别乎？

温源宁（1899—1984），著名学者、英文作家和政治活动家。英国剑桥大学法学硕士。1925年起，历任北京大学西方语言文学系教授兼英文组主任、清华大学西洋文学系教授等职。1935年起，与林语堂等合编英文文史月刊《天下》。1936年任立法院立法委员。1937年任国民党中央宣传部国际处驻香港办事处主任。1946年当选制宪国民大会代表，同年起任国民政府驻希腊大使。代表作为英文人物随笔集《不够知己》。

胡适之

温源宁文，林语堂译

适之绰号"胡大哥"，并非偶然。梁漱溟多骨，胡适之多肉；梁漱溟庄严，胡适之豪迈；梁漱溟应入儒林，胡适之应入文苑。学者也好，文苑也好，但适之是绝不能做隐士的。一人性格，大概难于分类，也大可不必分类。我想六分学者，四分才子，二分盎格罗撒逊①留学生，约略可以尽之。也许加了三分学究气，减了三分才子气。适之的应酬可以少一点，学术著作可以丰富一点，但如此便少了一团蔼然可亲之气，而不成其为胡大哥了。这却何苦来！这一股才子气，又被他六分的学究气压下，所以若称之为"风流才子"也不甚适用，因为他的立身行世，也颇谨严，如对冬秀之始终如一，便可看出。然而适之

---

① Anglo-Saxon，今译盎格鲁—撒克逊，下同。——编者注。

对女子，又不是像漱溟、雨生那样一副面孔。在女子前献殷勤，打招呼，入其室，必致候夫人，这是许多学者所不会而是适之的特长。见女生衣薄，必下讲台为关课室窗户，这是适之的温柔处，但是也不超过盎格罗撒逊所谓"绅士"的范围。用这种体贴温柔于同辈及少辈，"胡大哥"之名便成了。

适之为人好交，又善尽主谊。近来他米粮库的住宅，在星期日早上，总算公开的了。无论谁，学生、共产青年、安福余孽、同乡商客、强盗乞丐都进得去，也都可满意归来。穷窘者，他肯解囊相助；狂狷者，他肯当面教训；求差者，他肯修书介绍；问学者，他肯指导门径；无聊不自量者，他也能随口谈谈几句俗话。到了夜阑人静时，才执笔做他的考证或写他的日记。但是因此，他遂善做上卷书。

今年似是四十四吧？气色虽然不甚红润，不像养尊处优的老爷，但也不像漱溟一般的瘦马相，只有一点青白气色，这大概是他焚膏继晷灯下用功之遗迹。衣服虽不讲究，也不故表名士气。一副相貌，到可以令佳人倾心，天平是那么高，两眼是那么大，光耀照人，毫无阴险气，嘴唇丰满而常带着幽默的踪影。他的悟力极敏，你说上句他已懂到下句了。笑声不是像岂明的低微，是呵呵式的。

适之所以不能成为诗人就是这个缘故。在他呵呵的笑声中，及他坦白的眼光中，我们看不见他的魂灵深处。他不像志摩，不会有沉痛的悲哀与热狂的情绪。在那眼光中，我们看出理智的光辉；那突兀不定的嘴唇，也老是闪过机智者会心的微笑。

这样是不合作诗的。所以他的散文，也是清顺明畅，像一泓秋水一般，晶澈可爱，却很少波澜曲折，阐理则有余，抒情则不足。人还是规矩人，所以文也老实。布风说过"文如其人"，正是此意。因此他的思想，也是近于厚重稳健，非近于犀利急进，他的观点是演化的（即所谓历史癖），非革命的（evolutionary, not revolutionary），在此种地方，最可看出他盎格罗撒逊的素养。丁在君、胡适之都是这一派思想的好代表，于是"高等华人"的徽号便落在他的身上。在普罗作家，甚至在一切急进派作家眼光中，这种绅士气是极讨厌。但是，适之的态度是极诚恳极负责的。这从他的刊物名称《努力》可以看出来的。他这种态度，使他常傻头傻脑做文章，见要人，向一般急进派所认为根本无望的官僚军阀做劝告，不免太不脱化。然而在这好人极少的中国中，我们不能不承认他是一位不甘自弃的好人，而发生爱惜甚至景仰之意。

适之写的英文，似比他的中文漂亮。

梁漱溟（1893—1988），著名思想家、哲学家、教育家、社会活动家，现代新儒家早期代表人物，有"中国最后一位儒家"之称，在20世纪中国思想史和哲学史上有重要地位。1912年自北京顺天中学毕业，1917年应聘到北京大学哲学系任讲师，1919年出版《印度哲学概论》，1922年出版《东西文化及其哲学》，1929年到北平主编《村治月刊》，1937年出版《乡村建设理论》，1949年出版《中国文化要义》。

纪念蔡先生

——为蔡子民先生逝世二周年作

梁漱溟

三十一年二月自香港返桂林，《文化杂志》以时届蔡先生逝世二周年，嘱为纪念之文。余于蔡先生逝世之初，曾为一文发表于重庆《大公报》，大意申论中国近二三十年之机运，蔡先生实开之，今不重述。今只述蔡先生的伟大兼及余个人知遇之感于此。

蔡先生一生的成就，不在学问，不在事功，而只在开出一种风气，酿成一大潮流，影响到全国，收效于后世。这当然非他一人之力，而是运会来临，许多人都是参与其间的。然而数起来，却必要以蔡先生居首。

我说运会，是指历史演到那时，刚好是世界大战将了，好多旧东西于此结束，而人类一新机运于此初步展开。在人生、在经济、在政治种种上面都苗露新潮流，与十七八九世纪的所谓"近代潮流"者不同。而中国呢，刚好在感受"近代潮流"引发第一度革命之后，反动的帝制运动（民五年）、复辟运动（民六年）此伏彼起，新旧势力相搏之际。蔡先生即于袁倒黎继、南北统一内阁之下，应教育总长范静生先生之请，出任北京大学校长。范静生原是蔡先生做民国第一任教育总长时引为次长的，两公之相得自不待言。而况蔡先生以清朝翰林为革命巨子，新旧资望备于一身。此时欲从扩演近代潮流之中，更进而输入最新潮流，使许多新意识在中国社会一面深刻化，一面普通化，俾克服旧势力于无形，实在除蔡先生能肩负此任务外，更无他人具有这气力的了。

这还不单是说蔡先生能得政府教育当局的支持，蔡先生的资望品格能服人而已，更要紧的乃在蔡先生的器局识见恰能胜任愉快。从世界大交通东西密接以来，中国人注意西洋文化多在有形的实用的一面，而忽于其无形的超实用的地方。虽然关涉政治制度、社会礼俗的，像是"自由""平等""民主"一类观念后来亦经输入，仍不够深刻，总没有探到文化的根本处。唯独蔡先生富于哲学兴趣，恰是游心乎无形的超实用的所在。讲到他的器局、他的识见为人所不及，便从这里可见。因其器局大，识见远，所以对于主张不同、才品不同的种种人物，都能兼容并包，右援左引，盛极一时。而后来其一种风气的开出，一大潮流的酿成，亦正孕育在此了。

关于蔡先生的兼容并包之量，时下论者多能言之。但我愿指出而说的，蔡先生除了他意识到办大学需要如此之外，更要紧的乃在他天性上具有多方面的爱好，极广博的兴趣。意识到此一需要而后兼容并包，不免是人为的（伪的）；天性上喜欢如此，方是自然的（真的）。有意兼容并包是可学的，出于性情之自然是不可学的。有意兼容并包，不一定兼容并包得了；唯出于真爱好，而后人家乃乐于为他所包容，而后尽管复杂却维系得住。——这方是真器局、真度量。

譬如在蔡先生包容中，当时发生最大作用之人，第一要数陈独秀先生，次则胡适之先生。且不论他们两位的学问深浅如何，但都有一种本领，就是能以自己把握得住的一点意思度与众人。胡先生头脑清楚、明爽，凡所发挥，人人易晓。当然新文化运动自不能不归功于他。然未若陈先生之精辟廉悍，每发一论，辟易千人，实在只有他才能掀起思想界的大波澜。两位先生固然同得到蔡先生支持，却是胡先生为人平正和易，原不须蔡先生怎样费力气支持。陈先生就不同了，在校内得罪人不少，在校外所引起的反对更多，而且细行不检，予人口实。若非得蔡先生出大力气支持，便不得存在。然而蔡先生何以出大力气支持他呢？就为蔡先生确知他有种种短处，而终竟对他的为人抱有真爱好，对他的言论主张具有真的同意与同情。——不是蔡先生，换任何一人都不会支持他；而在蔡先生，若不是真爱他，真同情他，亦不会支持他的。

胡先生的白话文运动是当时新文化运动的主干，然未若新人生思想之更属新文化运动的灵魂。此则唯借陈先生对于旧道德的勇猛进攻，乃得引发开展。数十年中西文化较量斗争，至此乃追究到最后，乃彻见根底。尽管现在的人看他们两位先生已经过时，不复能领导后进。然而今日的局面，今日的风气（不问是好是坏），却是他们那时打开来的，虽甚不喜之者亦埋没不得。自然是说起当时人物，并不止陈、胡二位。例如李守常（大钊）、陶孟和、顾孟余、周树人（鲁迅）、钱玄同、高一涵诸先生皆其著者，且亦各有各的神通。所有陈、胡以及各位先生任何一人的工作，蔡先生皆未必能做。然他们诸位若没有蔡先生，却不得聚拢在北大，更不得机会发抒。聚拢起来，而且使其各得发抒，这毕竟是蔡先生独有的伟大。从而近二三十年中国的新机运，亦就不能不说是蔡先生实开之了。

这时我个人固然同在蔡先生包容聚拢之中，然而这一运会却数不到我。因为我不是属于这新派（如上所列举）的。同时旧派学者中亦数不到我。那是自有辜汤生（鸿铭）、刘申叔（师培）、黄季刚（侃）以及陈伯弢（汉章）、马夷初（叙伦）等许多位先生的。我只是在当时北京大学得到培养的一个人，而不是在当时北京大学得到发抒的一个人。如此，我们又可以说，蔡先生的伟大不止能聚拢许多人，更且能培养许多人。除了许多学生不算，如我这样非学生而实受培养者，盖亦不少也。

我到北大教书，始于民国六年，而受聘却在其前一年，即蔡先生初任北大校长之时。蔡先生之知我，是因我有《究元决疑论》之作发表于《东方杂志》（似是民五年六七八月连载三期，后来加入《东方文库》，为一单行本）。此论之作，盖兴感于黄远庸先生之惨死。那时我在北京得到远庸从上海给我的信，同时读到他的《忏悔录》（渡美舟中作，《东方杂志》发表），随亦听到他在美国被刺的讯息。我那论中发挥印度出世思想，指示人生唯一的路在皈依佛法。原稿寄给章行严先生（士钊），适章先生奔走倒袁离沪，为蒋竹庄先生（维乔）所得，交予《东方杂志》刊出。不久袁倒黎继，蔡先生应范公之请，由海外返国出任北大校长。以我自十几岁爱好哲学，很早读到蔡先生的《哲学要领》一类著作，对于蔡先生久慕而未一深谈（民国元年我做新闻记者，蔡先生为阁员，见过数面），特因范公之介，去看蔡先生。蔡先生一见，就说要请我到北大的话。

记得有一天，蔡先生约我与陈仲甫先生（独秀）会于他的校长室，谈论请我担任《印度哲学》一门功课（陈先生是新聘文科学长，相当于今所谓文学院长者）。我说："我何曾懂得什么印度哲学呢！印度的宗派是那么多的，我只领会一点佛家思想而已。要我教，我是没得教的呀！"蔡先生回答："你固然不懂印度哲学，但又有哪一个人真算是懂得的呢？谁亦不过知道一星半点，横竖都差不多；我们寻不到人，就是你来吧！"我总不敢冒昧承当。蔡先生又申说："你不是爱好哲学的吗？我自己是爱好哲学的，我们还有一些爱好哲学的朋友。我这次办大学，就是要将这些朋友，乃至在未知中的朋友，都引在一起，共同研究，彼此切磋，你怎可不来呢？你不要当是老师来教人，你当是来研究，来学习好了！"这几句话打动了我的心，我只有答应下来。

虽则答应了，无奈我当时分不得身。当时我正为司法总长张镕西先生（耀曾）担任司法部秘书。同时任秘书者，有沈衡山先生（钧儒），沈先生为张公照顾外面周旋应付之事，我则为他掌理机要函电。倒袁者，本以西南各省为主。那时张氏实代表西南滇川两粤而入阁。正逢南北初统一，政治上往来函电极多，我常常忙得入夜。我既于此门课程素无准备，况且要编讲义，如何办得来？末后只得转推许季上先生（丹）为代。

及至次一年，经过张勋复辟之役，政府改组，镕西先生下野，我亦去职南游入湘。十月间在衡山的北方军队王汝贤、范国璋等溃走长沙，大掠而北。我亦不得安居，随着溃兵难民退达武汉，就回北京了。因感于内乱为祸之烈，写了一篇《吾曹不出如苍生何》，呼吁有心人出来组织国民息兵会，共同制止内战，养成民主势力。自己印刷数千册，到处分送与人。恰这时许先生大病，自暑假开学便缺课。蔡先生促我到校接替，于是才到北大。

我在北大前后共七年，即自民国六年至民国十三年（从新思潮的酝酿，"五四运动"的爆发，一直到国民党的改组）。中间屡次求去，尤以民国十年春上、十一年冬末两次求去最力，皆经蔡先生屡切挽劝而留住。其详不烦说了。七年之间，从蔡先生和诸同事同学所获益处，直接间接、有形无形，说之不尽。总之，北京大学实在培养了我。论年辈，蔡先生长我二十八岁，我至多算得一个学生。然七年之间与蔡先生书信往返中，蔡先生总是称"漱溟先生"，我未尝辞，亦未尝自称晚生后学。盖在校本是校长与教员之关系，不敢不自尊，且以成蔡先生之谦德。后来离校，每次我写信便自称"晚学"了。近年四川报纸有传我初投考北大未见录，后乃转而被聘为教授者，非事实。从上面所述经过可以看得出（那时蔡先生以讲师聘我，亦非教授）。不过我初到北大时，实只二十四岁，与诸同学年龄皆相若，有的且比我大两岁。如今日名教授冯友兰、顾颉刚、孙本文诸君都是昔日相聚于课堂者。还有我的少时同学友，那时有正在北大求学的，如张申府（崧年）兄之在理科，雷国能兄之在法科者是。

　　当时蔡先生为什么引我到北大，又且再三留我于北大呢？我既不属新派（外间且目我为陈、胡的反对派），又无旧学，又非有科学专长的呵！这就是我在前说明蔡先生兼容并包之量，实出于他具有多方面的爱好、极广博的兴趣之故了。他于此并没有什么用意或预期。他亦只是感到我这个人还有趣味，招引在一处蛮好的而已。再说远一点，他或者感觉到我富于研究兴趣，算是个好学深思的人，放在大学里总是好的。同时呢，他对于我讲的印度思想、中国文化等自亦感到兴味，不存成见。这就是一种气度。这一气度完全由他富于哲学兴趣相应而俱来的。换言之，若胸怀意识太偏于实用，或有独断固执等脾气的人，便不会有此气度。这个气度为大学校长所必要的。老实说，这于一个为政于国的人，有时亦属必要吧！

　　由于蔡先生的哲学兴趣，又请了有哲学兴趣的教员，亦就开发了学生的哲学兴趣。我眼见的七年中，"哲学系"始终是最重要的一学系。当其盛时，比任何一学系的学生都多。除了注册选修哲学课程者外，其他的学生自由来听讲者亦很多。校外的人（例如琉璃厂高师的学生，太仆寺街法专的学生，还有些不是学生的）来长期听课者亦颇有。注册部所安排的教室每不合用。就为按照注册人数，这间教室可容得下，而实则听讲的人数却多一倍，非换大教室不可。我自己的经验，当民国十一、十二及十三年上半年，我讲儒家思想时，必须用第二院大讲堂才行。通常听讲者总在二百人左右。到课程结束，举行考试时的试卷，亦有九十多本，此即正式注册的学生了。闻人言，近年（指抗战前和后）南北各大学哲学学生少得可怜，几乎没有人愿入哲学系。此固一时一时风气不同，然亦可见当年蔡先生倡导总算相当成功。

若问蔡先生何以有这种种成功？他能罗致人才，能造成学风，能影响到全国大局，使后之言历史者不能不看作一划时代的大节目，其成功之由果何在？我可以告诉你：此无他，他只是有他的真好恶。所谓真好恶，儒书上指点得最明白，"如好好色，如恶恶臭"便是。有真好恶，然后他一言一动，不论做什么事，总有一段真意行乎其间。这样，他便能打动人——或者甘心愿意跟着他走；或随着他有一段鼓舞于衷而不自知。朱晦庵常喜说的一句话，"是真虎，必有风"，正谓此。他不要笼络天下人，他更不要强迫他人听他话，一切威迫利诱的手段他都不用，然而天下人却自为他所动。他毕竟成功了，毕竟不可磨灭地成功了。反之，那玩手段的，欺人自欺，抑或自觉得一世之雄，却每每白费事，落得一场空。这亦就是儒书上"不诚无物"的一句话了。

总之，我所了解的蔡先生，其伟大在于一面"有容"，一面"率真"。他之有容，是率真的有容；他之率真，是有容的率真。更进一步说，坦率真诚，休休有容，抑或者才是一切伟大人物之所以为伟大吧！

今者距新思潮之风动全国既二十年，距余之离开北大亦十七八年，距蔡先生之身故既满两年，而余亦寝寝五十之年矣。自顾尚无所成就，以答蔡先生之知遇，以报北京大学之培养。窃不敢妄自菲薄，将致力于新文化运动的建设工作，无使蔡先生之精神徒如过去新思潮所表见而止，而更有最后之成果焉。是则区区心愿之所在也。因纪念蔡先生，并志于此以自励。

三十一年三月

罗家伦（1897—1969），著名教育家、思想家、社会活动家；"五四运动"中的活跃人物，首次提出"五四运动"这个名词。1914年入上海复旦公学，1917年在北京大学主修外国文学。1920年赴美国普林斯顿大学、哥伦比亚大学留学，后又去英国伦敦大学、德国柏林大学、法国巴黎大学学习。1926年回国后参加北伐，后任清华大学、中央大学校长。1947年出任国民政府驻印度大使。著有《新人生观》《科学与玄学》等。

伟大与崇高

——纪念先师蔡孑民（元培）先生

罗家伦

当着国家动荡的时候，全民族失了文化的导师，人格的典型，这种损失，哪里是当代的人所能测度。

伟大的蔡先生居然在这时候离开我们了！悲伤的岂止是他的门生、他的故旧。他门生、故旧的悲伤，又岂止是他们的私恸。

凝结中国固有文化的精英，采撷西洋文化的优美，联合哲学、美学、科学于一生，使先生的事业，不特继往，而且开来。

先生永远是站在时代前面的伟大人物。

先生不但是伟大人物，而且是伟大人格！

如大海容纳众流，不厌涓滴，是先生的包含。

汪汪若万顷之波，一片清光，远接天际，是先生的风度。

慈祥恺悌，谦光中流露至诚，是先生对人的感化。

"柔亦不茹，刚亦不吐"，是先生的风骨。

常见先生书房中挂了一幅自己的画像，上面题着："其为人也，发愤忘食，乐以忘忧，亦不知老之将至。"这是先生持身处世的精神。

又常见先生的书桌边有自己写的"学不厌，教不倦"六个字的横帧。这是先生治学教人的态度。

更有一次我求先生写几个字，先生写了"货恶其弃于地也，不必藏诸己；力恶其不出于身也，不必为己"。这是先生的人类社会观。

先生感召的力量是无形的，因其无形，所以格外伟大。

对于这一代大师的言行，何从记起；在悲哀情绪之中，更从何处想记。大家只看见先生谦冲和蔼的方面，而少知道先生坚忍不拔、风骨峻峭的方面，所以我写下几段短的故事。

在"五四运动"以后，北洋军阀横施压迫的时候，先生处于危难艰苦之中，突然发表一篇不过二百字左右、却是光芒万丈的短文，叫作《洪水与猛兽》，主张疏导新思潮的洪水，而驯伏北洋军阀的猛兽。

1921年，先生游历美国，到绮色佳①，我和几位同学接先生到一个寓所休息。忽然听见一位美国新放的驻华公使要招待先生，想请先生介绍于北方权贵。先生坐犹未定，坚决地立刻

---

① 今译伊萨卡。——编者注。

要离开。我们劝先生多休息一会也不可得，结果立刻去游览附近几十里的一个瀑布。

在"七七"抗战前两年，先生到南京，那时候汪精卫还是行政院长兼外交部长，这后来变作汉奸的汪精卫请先生晚餐，进的是西膳。先生苦劝他改变亲日的行为，立定严正态度，以推进抗战的国策。在座的都看见先生的眼泪滴在汤盘里，和汤一道咽下去。

先生有不为而后有为的精神，哪里是一般人所可想象。

先生太崇高了！

"高山仰止，景行行止"，千百年后，先生的人格修养，还是人类想望的境界。

不才的门生像我，每逢艰难挫折的时候，一闭眼睛，就有一幅先生的音容笑貌的影子悬在胸际。想到先生临危受困时的雍容肃穆，七十几年的努力不懈，什么暴躁不平之气都该平下去了。

先生给后辈的德化，有如长江之流，永远不会枯竭！

先生的躯壳死了，先生的精神，无穷地广则弥漫在文化的宇宙间，深则憩息在人们的内心深处！

顾颉刚（1893—1980），原名诵坤，字铭坚。中国历史地理学和民俗学的开创者，古史辨学派的创始人，国内外享有盛誉的史学大师。1920 年毕业于北京大学本科中国哲学门。先后在厦门大学、中山大学、燕京大学、北京大学等校任教，1948 年当选为中央研究院第一批院士。顾颉刚一生著述颇丰，除所编出版后在学术界引起轰动的《古史辨》之外，重要的著作还有《汉代学术史略》《尚书通检》《中国疆域沿革史》等。

悼蔡元培先生

顾颉刚

当《责善》半月刊创刊号付印的时候，突然在报纸上见到蔡孑民先生（元培）于二十九年三月五日在香港逝世的消息，给我们精神上一个很大的打击，不能不加进这一篇，促同学们的注意。

蔡先生的传将来自有人作，这里为材料所限也不能作，只就我所记得的几件事说一下。

蔡先生的一生在中国史上有重大关系的有三个阶段：一是民国元年任教育总长，二是民国六年任北京大学校长，三是民国十八年任中央研究院院长。无论在教育上，在学术研究上，都是开风气奠基础的工作。先生站在崇高的地位，怀着热烈的情感和真实的见解，指导青年向前走，可以说这二十九年来的知识分子没有不受着他的影响的。

我是北大学生，在他没有当校长的时候已在那边了。那时的北大实在陈旧得很，一切保存着前清"大学堂"的形式。教员和学生，校长和教员，都不发生什么关系。学生有钱的尽可天天逛妓院、打牌、听戏，校中虽有舍监也从不加干涉。学生有事和学校接洽，须写呈文，校长批了揭在牌上，仿佛一座衙门。蔡先生受任校长之后，立即出一布告，说："此后学生对校长应用公函，不得再用呈文。"这一下真使我们摸不着头脑，不知道这位校长为什么要这样的谦虚。稍后他又出版《北大日刊》①，除了发表校中消息之外，又收登教员、学生的论文，于是渐渐有讨论驳难的文字出来，增高了学术研究的空气。学生对于学校改进有所建议时，他也就把这议案送登《日刊》，择其可行的立即督促职员实行。这样干去，学生对于学校就一点不觉得隔膜，而向来喜欢对学生摆架子的职员也摆不成他的架子了。

北大学生本来毫无组织，蔡先生来后就把每班的班长招来，劝他们每一系成立一个学会。许多班长退下来踌躇道："这件事怎么办呢？"但靠了蔡先生的敦促和指导以及学校在经费上的帮助，许多会居然组织起来了。不但每系有会，而且书法研究会、画法研究会、音乐会、辩论会、武术会、静坐会……一个个成立起来，谁高兴组织什么会就组织什么会，谁有什么技艺就会被拉进什么技艺的会。平时一个人表现自己能力时很有出风头

---

① 文中亦简称《日刊》。——编者注。

的嫌疑，可是到了这个时候，虽欲不出风头而不可得了。校中尽有消遣的地方，打牌、听戏的兴致也就减少许多了。一校之内，无论教职员、学生、仆役，都觉得很亲密的，很平等的。记得蔡先生每天出入校门，校警向他行礼，他也脱帽鞠躬，使得这班服从惯了的仆人看了吐出舌头来。

《北大日刊》的稿件拥挤了，他就添出《北大月刊》①。《月刊》的《发刊词》是他自己作的。他说："《中庸》里说的'万物并育而不相害，道并行而不相悖……此天地之所以为大也'，我们应当实践这几句话。"那时正在洪宪帝制和张勋复辟之后，我们看他把帝制派的刘申叔先生（师培）请到国文系来教"中古文学史"，又把复辟派的辜鸿铭先生（汤生）请到英文系来教"英国文学"。刘先生的样子还不特别，辜先生却是大辫子，乌靴，腰带上眼镜袋咧、扇袋咧、鼻烟袋咧，历历落落地挂了许多，真觉得有点不顺眼。但想到《月刊》的《发刊词》，就知道他是有一番用意的。他不问人的政治意见，只问人的真实知识。哲学系的"经学通论"课，他既请今文家崔适担任，又请古文家陈汉章担任，由得他们堂上的话互相冲突，让学生两头听了相反的议论之后再自己去选择一条路。

国史馆自馆长王闿运死后归并北大，蔡先生就兼做了馆长。为了编史，他请了许多专家，如张相文、屠寄、叶瀚等，于是在大学中添设了史学系，请这班先生兼一些课。国史馆中除了

---

① 文中亦简称《月刊》。——编者注。

搜集民国史料之外，还编"中国通史"和"分类史"，订有很
周密的计划。

那时国立大学只有这一个，许多人眼光里已觉得这是最高
学府，不能再高了。但蔡先生还要在大学之上办研究所，请了
许多专家来做研究生导师，劝毕业生再入校做研究生，三四年
级学生有志深造的亦得入所，常常开会讨论学问上的问题。这
样一来，又使大学生们感觉到在课本之外还有需要自己研究的
学问。清朝大学堂时代，图书馆中曾有许多词曲书，给监督刘
廷琛看作淫词艳曲，有伤风化，一把火都烧了。到这时，蔡先
生请了剧曲专家吴梅来做国文系教授，国文研究所中又大买起
词曲书来。岂但梗罗词曲而已，连民间的歌谣也登报征集起来
了，天天在《北大日刊》上选载一两首，绝不怕这些市井猥鄙
的东西玷污了最高学府的尊严。那时我们都是二十余岁的青年，
自以为思想是很新的了，哪知一看学校当局公布的文件，竟新
得出乎我们的意想之外。

从前女子只能进女学堂，她们的最高学府是女子师范学校，
大学是与她们无缘的。北大既经这般新，当下就有女学生妄觊
非分，请求旁听。这使得校中办事人为难了，究竟答应不答应
呢？蔡先生说："北大的章程上并没有说只收男生不收女生的
话，我们把她们收进来就是了。"于是就有胸挂北大徽章的女子
出现于学校中，给男生一个强烈的刺激。到了暑假招生，有女
子来报名应考，这一年录取了三个，校中始有正式的女生。学
生定《日刊》是归号房办的，有一天我去取报，哪知已被同学

强买了去，原来这天报上登着这三位女同学的姓名，大家要先睹为快呢。到现在，哪个大学不收女生？试到华西坝一看，女同学竟比男同学还多了。

北大一天天地发皇，学生一天天地活泼，真可以说进步像飞一般快，一座旧衙门经蔡先生一手改造，竟成为新文化的中心。于是"五四运动"一试其锋，文化的风头掉转到政治，就像狂飙怒涛的不可抵御。那时北洋军阀和顽固学者恨蔡先生刺骨，必欲置之死地，竟想架炮在景山顶上轰击北大。蔡先生在法国时留了长长的须，那时逼得没法，就剃了胡子逃回老家去。虽然风潮过后又请回来，毕竟做不长了。记得民国十二年彭允彝任教育总长时就很不客气地下了"北京大学校长蔡元培应免本职"的命令。民国十五年国民革命军北伐，蔡先生在江浙预备响应，被革命目标五省联军总司令孙传芳下令通缉，他从浙江坐船浮海逃到厦门。那时我在厦门大学任教，校中招待他，我也作陪。席上有人骂当时学生不守本分读书，专欢喜做政治活动的，蔡先生就正色说道："只有青年有信仰，也只有青年不怕死。革命工作不让他们担任该什么人担任！"他这般疾言厉色，我还是第一次见呢。翌日他应厦大浙江同乡会之召，报告浙江革命工作，说到工作不顺利处，他竟失声哭了。那时他已经六十岁，就在这般凄风苦雨之中度过了他的诞辰。

北伐胜利，他任了国民政府的几个要职，但他是生活简单惯了的人，听说他在法国时只穿工人的衣服，这时他虽任了监察院长，到他家里去还只看见客堂里沿墙放着四张靠背椅子，当中放着一张方桌，四个方凳，没有什么别的陈设。他的家在上海也只住在普通的"里"里，直到民国二十年后始迁入一所破旧的洋房。"八一三"后，上海沦陷，他避居九龙。今天看到报上的唁电，依然是某某路某某号的"楼下二号"。

他是绍兴人，绍兴是出酒的地方，所以他从小就能喝酒。记得民国二十三四年间，他到北平，北大同仁在欧美同学会替他洗尘，一共五桌，差不多每人敬他一杯，他都喝干了。有人说："蔡先生今天回来，看看他手创的北大，觉得高兴，所以多喝了些。"可怜这已是他最末一次到北大了！

蔡先生今年七十四岁，在他自己，辛苦了一生，已经到了该休息的时候，可是我们如何舍得他呢？他在法国巴黎大学、德国莱比锡大学研究哲学、美学、人类学、文明史等，虽然归国后为人事繁忙，自己没有写出多少东西（记得四五年前，他因为身体不好，辞去兼职和名誉职。报上说有七十余个之多，可想见其忙），但他已把他所学的一起用到实际上来了。他希望人家发展个性，他鼓励人家自由思想，他唯恐别人不知天地之大，他又唯恐别人成见之深。他要人多看，多想，多讨论，多工作，使得社会一天比一天进步，人生一天比一天快乐。这一个他的中心主张，虽则他自己没有明白说出，但是知道他的人一定是感觉得到的。这就是他在中国史上最大的贡献，也是将来的青年们所永远不能忘记的人生指导！

方　豪（1894—1955），著名教育家。"五四运动"中与傅斯年、罗家伦同为学生领袖，任北京学生联合会及其后的全国学生联合会首任主席。浙江金华人，1914毕业于杭州私立安定中学，后考入北京大学，1921年毕业。1921年至1949年，"五四运动"后抱定以教育为终生职业的方豪，先后在安徽省立第一中学、浙江省立第五中学、浙江省立第七中学以及浙江省立第一中学担任了近30年中学校长。

马相伯先生事略

方　豪

先生原名志德，字斯臧，又名钦善，亦名建常，改名良，字相伯，亦作湘伯、芗伯，别署求在我者，晚号华封老人，清道光二十年（1840）阴三月初六日生（先生旧藏《马氏宗谱》原作二月，改三月；三月初六日当阳历4月7日）。江苏丹阳人，寄籍丹徒。端临公二十世孙也。马氏久奉天主教，先生受洗，取圣名若瑟，故亦号若石。父松岩公，精医，以善士称于乡里，光绪十一年卒，享寿七十有五；母沈氏，贤明识大义，庭训甚严，自奉俭约，而戚属有急，必济之，后夫十年卒，享寿九十一岁。长兄明学，早卒；姊适朱；二兄建勋，字少良，以御太平军有功，任湘军粮台，光绪八年（1882）卒；弟建忠，字眉叔，早岁以外国文学名噪海外，归国后，协助李鸿章办理新政，平朝鲜政变，执大院君归，总理招商局，光绪二十六年

（1900）卒，年五十有五。著《马氏文通》及《适可斋记言记行》等。

先生幼岐嶷，儿时即指日曰："我识汝，汝不识我，汝不我若也。"又尝持竿逐月，喜问父老："月活耶？死耶？月生何处？"月将晦，必问何往，长者或呵斥，或谎言虎食，乃大不满，自是遂蓄志研究天文。十二岁入上海徐汇公学肄业，父母不知也，校长晁德莅（Zottoli）甚器重之；国学与科学皆大进，尤嗜度数；旋赴南京应试，比出榜，则城中已因洪、杨事大乱，上海既陷，先生仍与弟留校中，且助教国文。十五岁读拉丁文及法文。十九岁法领事欲聘为秘书，辞之，谓："我习法文，为祖国用也。"二十岁习希腊文，攻哲学暨神学者凡十载。尝在苏州、太仓等处赈灾，染疾，几濒于危，愈后，所读书皆忘，益勤于学，每睡，必见帐顶隐现数目字，而梦境亦无非测算公式。尝至宣城、徐州等地，著《度数大全》一百二十余卷，呈教会付梓，未果。任徐汇公学校长。后又至南京，从事译述。

光绪二年（1876）入山东藩司余紫垣幕，始登仕途，时年三十七岁。旋任职滦口机器局，并调查矿务。阅五年，任驻日使馆参赞，改任神户领事。未几返国，入李鸿章幕，赴朝鲜襄助改革政事，编练新军，整理外交，王师事焉。先生上条陈，于省刑罚、定刑典及求才、废奴、经济、卫生、教育、工业、测地等，悉剀切言之。及自朝鲜归，遂绝意仕进，致力译著。十年（1884）复奉命稽查招商局账目，草改革计划，列举其弊。十二年（1886）至台湾，应总督刘铭传招也，力主借款开发，未见采纳。复建议李鸿章辟九龙为商埠，亦未果。乃请设国家银行，废纸币，以其资开矿，造铁路，制军械，鸿章遂派先生赴美借款，得五万万美金，朝议大哗，事败垂成，先生惜之。乃出席斐拉代尔之华盛顿纪念会，复游英国考察商务，经法国而返。十八年（1892）任长崎领事，旋改使馆参赞。

二十四年（1898），先生年五十九，退隐青浦佘山。会德宗锐意变法，筹设译学馆，梁启超商先生主其事，先生请设馆上海，并邀教士襄助，议成而政变突发，遂告中止。是年冬，先生与弟积二十年而成之《马氏文通》前六卷，初版行世；先生爱弟才华，令独署其名。翌年冬，后四卷亦付梓。乃以全力译《新史合编直讲》。二十六年北平英敛之先生（华），筹设《大公报》于天津，先生力助其成。二十八年（1902）梁启超首从先生习拉丁文，蔡元培、胡敦复等继之；明年，创办震旦学院，设徐家汇天文台内。刊行《拉丁文通》，本其师晁德莅所著《拉丁词艺》删润而成，出以中国例证，一扫西人教拉丁文之弊。复著《致知浅说》，成《原言篇》；又著《法文关键》及《尺算徽用》。拟将格致、象数、形性之学，月印一册，并译英、法文通，取价极廉，售十铜元一册，并定函授之法。震旦重自治，施军训，声誉日高，马君武、张轶欧、邵力子等相率负笈，于右任以诋时政触清廷怒，先生亦招之来，遂以刘学裕名登学籍。三十一年（1905）震旦外籍教士议改校政，先生乃另与严复、袁希涛等立复旦公学。两江总督周馥拨吴淞营地为校址，以万金为开办费。先生自为校长，并授法文。次年至南京，讲演君主民主之得失及宪法之精神；又赴东京处理留学生风潮。宣统元年（1909），严复、夏敬观、高凤谦等先后辞复旦校长职，先生遂复任。二年（1910）任江苏咨议局议员，仍领复旦事。及校舍为光复军司令部所占，乃率学生走无锡，后迁徐家汇李公祠。民国元年（1912）先生起任南京府尹，时诸将争功，先生斥之，众咸帖服。嗣任都督府外交司长，并代理都督。光复后，以开会、开学名义请拨公地、公舍、公费者无虚日，先生草布告，斥为大盗，群情翕然。是年八月北上，任总统府高等顾问；十月代理北京大学校长。喀喇沁王福晋等纠合女同志，谋在静宜园设女工女学，先生赞助最力。嗣因鉴于教会文风凌替，乃与英敛之先生上书罗马教宗，请创设大学。明年，与章炳麟、梁启超、严复等，议仿法国阿伽代米，设函夏考文苑，网罗全国积学之士，校勘古籍，编纂词典，奖励著述，表彰硕德，其宗旨与规模颇类今之中央研究院，卒未成。时先生主宪法起草委员会，偕英顾问毕格得、法顾问巴和，日日讨论翻译。

至是，先生目睹世风日下，袁世凯复僭自称帝，乃益倡导宗教，屡为公开演说，痛切陈词。并搜求明末教会名著《七克》《名理探》《利玛窦行迹》等，一一校阅。英先生创辅仁社于香山，为讲学之所，先生亦赞助之。会其时有倡国教之议，及以孔道为修身之大本者，先生力言信仰自由之要，辞而辟之。又素主民治，鉴于国民未能了解宪法真谛，译艾士萌（Esmein）《宪法大全》；又发为议论，主南北分治、召开国民大会等。七年（1918）草《民国》《民照》《心镜》三大篇，都二万言，凡民国与民国民之权利义务，言之弥详。时陈援庵先生治基督教史，校刊教会古籍颇多，先生一一序而行之。教廷派员视察中国教务，则陈述应兴应革诸端，不稍顾忌。教宗本笃十五世颁兴教之论，先生亲为迻译。九年冬南归，息影上海徐家汇之土山湾，时年已八十一矣。

　　先生虽高龄，仍手不停披，笔不辍书，所言皆斥军阀，反内讧，培养民德，促进民治，并主张行联邦制；又改译《福音》。第一次欧战起，先生屡为文，预言德之必败。尤热心教育，北平之培根、上海之启明，皆倾囊相助。外国教士有立论不正者，先生亦时加驳斥。十四年辅仁大学成立，先生亲译宣言书。及"九一八"事起，乃日以人民自救告国人，委代表出席国难会议，仍以实施民治、促进宪法为言，发起民治促成会、不忍人会等。二十五年冬入都，明年三月任国民政府委员；七月七日御侮军兴，西迁桂林，寓风洞山，即明末教会先贤瞿忠宣公殉难处也。二十七年冬，各方门人劝先生入滇、蜀，道经谅山，以病不得进，遂留居。明年，先生寿晋期颐，全国相继行遥祝礼。四月六日，政府颁令褒嘉。十月二十九日湘北大捷，先生兴奋异常，唯身体衰弱已极，十一月四日溘然长逝，举国哀悼。政府再颁令褒扬，并给治丧费，生平事迹宣付国史馆立传。豪不敏，早岁私淑先生，国家西狩，复随侍桂林；岁丁亥，既编次先生文集，乃略叙其生平以便读者稽考焉。

柳亚子（1887—1958），出身书香门第，少从母亲学唐诗，并受父亲影响，赞成变法维新。1909 年创办并主持文学团体南社。曾任孙中山总统府秘书、中国国民党中央监察委员、上海通志馆馆长。抗日战争期间与宋庆龄、何香凝等共同从事抗日民主活动，曾任中国国民党革命委员会中央常务委员兼监察委员会主席、三民主义同志联合会中央常务理事、中国民主同盟中央执行委员。1949 年出席中国人民政治协商会议第一届全体会议。

苏曼殊*之我观

柳亚子

一、 苏曼殊的家世与性格

苏曼殊是一个浪漫的文学家，连他家世的传述，也是很浪漫的。因为他从没有明白告诉人家，人家去问他时，他总说马马虎虎就算了。据我们从前所知道的，他父亲是广东人，母亲是日本人，他是和历史上有名的郑成功一般的混血儿。但根据最近的发现，又知道他实在是一个完全的日本人，不过在五岁时就跟他的义父香山苏某来到广东，所以便变成广东人了。他到广东以后，他的义父不久就死去，家里的人很排斥他，他生

---

*苏曼殊（1884—1918），近代作家、诗人、翻译家，有"诗僧"之称。——编者注。

身的母亲又远在日本，真是举目无亲，伶仃孤苦，甚至于去做和尚，所以人家就叫他"苏和尚"。但他做了和尚以后，又重新还俗，到日本找他的母亲去，"苏和尚"于是又不做和尚了。

苏曼殊不愧是一个天才，梵文、英文、法文都懂，诗文小说无不好。他批评各国文字，说最好是梵文，次之是汉文，欧洲各国文字都不能这样精密。他是精通各种文字的，敢断定如此。我因为不懂外国文，便不能批评他这个断定对不对。

他曾在苏州吴中公学当过教授。这个时候，正当南洋公学学潮起后，在上海的革命机关，如爱国学社、中国教育会等，都鼓吹学生自己起来办学。曼殊所教授的学校，也是学生自己组织的。后来因官厅封禁，便停办了。曼殊最爱苏州，尤其爱苏州紫芝斋的粽子糖。

他的性情非常浪漫，喜欢遨游，除了中国和日本是他的老家，是常来往不算外，亚洲的地方，如暹罗、锡兰、印度、南洋群岛都到过。他欢喜吃，竟至贪吃。记得1912年上半年，我与他一同在上海时，家乡有"麦芽塔饼"寄来，他竟一口气吃了二十个，情愿吃到肚痛生病。我还到家中以后，写信去叫他来玩，他还问有没有"麦芽塔饼"吃？他是被人称为工愁善病者，但是要晓得他所善病的，乃是病食。就是他的死，也是死于贪食而成的肠胃症。他死后，景况非常萧条，身后之事，都由一位和他没有见过面的汪精卫先生替他主持。汪君更和孙中山先生商量，筹到一点款子，为曼殊筑墓于西湖之孤山。担任筑墓者说，想在墓前造一所燕子龛。燕子龛者，曼殊所以自名其漂流无定之住处也。

二、 苏曼殊的文学作品

苏曼殊的文学才能不是读死书读出来的，全靠他的天才。现在分成两层来讲。

（一） 创作的文学

他的作诗，全不用心做作，全靠天才；他的诗完全是自然地流露。他的诗虽不用心做作，可是自然而然地非常优美，给读者一种隽永轻清的味道，给读者种种深刻的印象，使读者诵读过他的诗后不会忘记。我想把李延年的"北方有佳人，绝世而独立，一顾倾人城，再顾倾人国"一诗来批评曼殊的诗是最好了。譬如他的："春雨楼头尺八箫，何时归看浙江潮？芒鞋破钵无人识，踏过樱花第几桥。"我们看这种诗，不是极"临风独立，飘飘欲仙"之趣吗？他的诗个个人知道是好，却不能说出它好在什么地方。就我想来，他的诗好在思想的轻灵，文辞的自然，音节的和谐。总之，是好在他自然地流露。他的诗汇刊成册的，有我编印的《燕子龛遗诗》，可惜所印的一千本早就送完了。在北京有沈尹默编印的《曼殊上人诗稿》，在广东有冯秋雪编印的《燕子龛诗》，现在都已绝版。上海大东书局出版《燕子龛残稿》，是诗与小品文汇集在一起，外加一种《燕子龛随笔》。还有最近出版的《燕子山僧集》，以《燕子龛残稿》为蓝本，再加入《拜轮①诗选》《碎簪记》《断鸿零雁记》三种，在上海中原书局发行。

曼殊的小品文，有如其诗，亦极自然，非常地优美。人家一看见这种词句，就能知道是曼殊作的。至于好在什么地方，也是和他的诗一样，不能断定。譬如他的《燕子龛随笔》，就有这种神韵，令人百读不厌。还有许多信札，也是极有趣味，在里面流露着曼殊浪漫的个性。关于学术方面最重要的一封信，是他写给西班牙庄湘处士的长信，对于梵文和佛教有种种奇妙的见解，不同流俗。此外所作甚少，除尚有《梵文典自序》《曼殊画谱自序》《文学因缘自序》《拜轮诗选自序》《双秤记序》等数篇外，竟找不出什么重要的作品了。

曼殊的小说，人人都爱好，也毋庸我详细介绍。有一本《断鸿零雁记》，是上海广益书局出版的，由商务印书馆译成英文，听说苏州东吴大学已把来当作英文课本。除了艺术上悱恻的情致、缠绵的笔意，足推为曼殊杰作外，《断鸿零雁记》也是曼殊的一篇自传和恋史。还有《绛纱》《焚剑》两记，登过《甲寅杂志》，现印入上海亚东图书馆出版的《名家小说》内。此外如《碎簪记》登过《新青年》，《非梦记》登过《小说大观》，《天涯红泪记》登过1924年日本东京出版的《国民杂志》。可惜都没有单行本；尤其是《天涯红泪记》没有登载完，剩下的稿子不知到哪里去了。还有一本卢冀野编印的《曼殊说》集，是

① 今译拜伦，英国诗人。下同。——编者注。

集合《碎簪》《绛纱》《焚剑》《非梦》四记而成的。

（二）翻译的文学

除了诗文小说以外，曼殊重要的作品要算介绍外国文学了。曼殊精通梵文和英文、法文，他的翻译文学要分三层来讲：

关于梵文，曼殊有译印度诗圣迦黎陀娑所著的《沙恭达罗》剧曲一种，可惜现在没有流传。还有《梵文典》八卷、《初步梵文典》四卷、《梵书摩多体文》、《法显佛国记惠生使西域记地名今释及旅程图》，也都不知下落了。

关于英文，最初出版的是《文学因缘》，次之是《拜轮诗选》。《文学因缘》是1908年正月在《天义报》上登广告发行的。出版的年份大概是1907年，出版的地方是日本。它的内容，第一是曼殊的《阿轮迦王表彰佛诞生处碑译文》，第二是曼殊的画九幅。以下便是英译的中国诗，有《诗经》八章、《古诗》两首、《木兰歌》、李白诗七首、《长恨歌》、《采茶词》、《葬花》诗。这许多东西并不是曼殊自己译的，不过他把来编辑起来罢了。以下是曼殊译的歌德《题沙恭达罗诗》一章，拜轮诗一截，又盛唐山民译拜轮《留别雅典女郎》诗四首，再以下便是曼殊的自序。这是《文学因缘》的第一卷。还有第二卷，目录见《天义报》广告，除曼殊校录《南天竹婆罗门僧碑》，冷泉亭真景，又曼殊画十幅以外，其余都是英译汉诗。这一卷没有出版，现在连稿子都不知去向了。

《拜轮诗选》成书在1906年，出版在1908年，书中印有曼殊自己的小像和拜轮《留别雅典女郎》乐谱。它的内容，是译拜轮诗五篇：《去国行》《留别雅典女郎》《赞大海》《答美人赠束发毡带诗》《哀希腊》。其中四篇是曼殊自己译的，《留别雅典女郎》诗，先载于《文学因缘》，据自序说是故友所译，据《天义报》所登《文学因缘》目录，说是盛唐山民译。盛唐山在安庆省城，这一位无名的译者大概是安徽人了。这一部《拜轮诗选》销路最好，从 1908 年 9 月出版以后，1912 年 5 月再版，1914 年 8 月三版，都是在日本印刷的。再版上添了 1909 年白零大学教授法兰居士的一篇英文序。

继《拜轮诗选》而出版的，有《潮音》一书。此书脱稿于 1908 年，出版于 1911 年。据说是经过日本金阁寺僧飞锡所删定的。飞锡有一篇跋讲得很详细，稿子现在我处。但《潮音》的印本上却没有登载，真是莫名其妙！《潮音》也在日本出版，是曼殊作品中装订和纸张最优美的一本书。上面有拜轮遗像一幅，曼殊自己的小像两幅，又石像摄影一幅。次是白零大学教授法兰居士的英文序，就是《拜轮诗选》上的那一篇。次是曼殊的中文自序，也和《拜轮诗选》上的自序完全相同，不过把 1906 年的纪年改作 1908 年罢了。再次是曼殊的英文自序。《潮音》本书内有曼殊译的拜轮《去国行》《赞大海》《答美人赠束发毡带诗》《哀希腊》，师梨《冬日》诗，豪易特《去燕》诗，彭斯《颍颍赤墙靡》诗，梵士女诗人陀露哆《乐苑》诗，等等。《留别雅典女郎》诗也取入里面。又有《拜轮年表》，系英吉利诗人佛子为曼殊参订者。末附《英吉利闺秀诗选》一卷，都是英文。

此外还有一部《汉英三昧集》，是 1914 年 8 月在日本出版的，印有曼殊僧装小像，内容完全是英译的中国诗，从《诗经》到李白、杜甫、张九龄都有，也是他人所译而曼殊编辑的。内有几首和《文学因缘》第二卷目录相同，我疑心他就是把《文学因缘》第二卷来改造，不过换一个名目又调换些材料罢了。末附英译《大乘起信论真如门》一节、李陵《答苏武书》一篇。

关于法文，他曾拟译小仲马的《茶花女》，但没有译成。译成的只有《惨世界》一书，是节译法国嚣俄①的《哀史》（Les Miserables）而加以穿插的。全书共十四回，内第一至第六回，又第十四回，大概是嚣俄原书所有；七至十三回，完全是曼殊加进去的。1904 年上海镜今书局出版。

以上各书，原本都已绝版了。现在市上所通行的，《文学因缘》是上海群益书社再版本，把曼殊的画删去，大概是翻印不出的缘故。又在底页上把书名改作"汉英文学因缘"，但封面上却没有改，不过"卷一"两字被删去了。《潮音》有湖畔诗社再版本，删去了一幅石像摄影，但加上了新式标点是很好的，上海创造社出版部有代售。《拜轮诗选》《汉英三昧集》《惨世界》，都有上海泰东图书局翻印本，不过《惨世界》被改作《悲惨世界》，《汉英三昧集》被改作《英汉三昧集》了。

此外，就要讲到曼殊的画了。曼殊的画，也是天才，他的

---

① 今译雨果，法国文豪。前述《惨世界》和后述《哀史》今译《悲惨世界》，为雨果代表作品之一。——编者注。

题材极少，只有淡淡的几笔。我虽然不懂作画，但颇觉美妙。画家们也说他画得好。他生平不肯多作画。革命先烈赵伯先先生与曼殊相识于南京陆军小学，伯先请他画一幅"长城饮马图"，他没有画。后来黄花岗失败，伯先愤懑呕血而死，曼殊十分痛惜，便把画画好，叫人带至香港，烧于伯先墓前，并谓从此以后不复作画了。曼殊的画稿，流传于人间者极少。1907 年在日本时，女弟子何震替他编一部《曼殊画谱》，要想出版，到底没有成功。《文学因缘》上有他的画九幅，《天义报》上有八幅。曼殊死后，蔡哲夫把所藏的画二十二幅，用珂罗板印行，名曰《曼殊上人妙墨册子》，但印得很少，现在已不能找到了。

三、 苏曼殊的思想

诗文、小说、翻译和画，都已讲过了，今略讲一讲曼殊的思想。他的外貌，对于政治、社会等问题仿佛很冷淡，其实骨底里非常热烈，不过不表现于脸上罢了。朋友们聚在一起谈到国事时，他便道今夜只谈风月。同盟会在日本进行的时候，他也没有入会，虽然他的朋友都是革命党人，甚至于开秘密会议时也不避着他。但当辛亥革命，先烈陈英士先生在上海起义，消息传到南洋去时，他忽然热烈起来。此时他正在南洋教书，没有旅费还来，便将书籍、衣服完全卖去，一定要赶回上海。在尚未还国以前，他写一信给我，其中有诗两句是："壮士横刀看草檄，美人挟瑟请题诗。"并说道："遥知亚子此时乐也！"从这几句话可以知道他对于革命希望的热烈了。还有一件事，就是上海城隍庙开辟商场时，他说卖糖粥的从此没有生路了；能开店的都是有资本的，小贩生活将绝了。他平常绝不谈社会问题，然而无意之间却露出同情于无产阶级的思想来，真是"神龙见首不见尾"。

四、 苏曼殊的逸事

曼殊生平最喜吃，尤其喜吃糖果，可可糖、粽子糖、八宝饭，都是他的必需品。他又喜吃雪茄烟。曾听人说，他在日本时，有一天雪茄抽完了，可是没有钱，他便将口中的金牙齿拿下来去变钱买雪茄。他没有钱，他的钱大抵是朋友供给他的；但是他身边一有钱，就乱用起来，用完为止。用完了，怎样办？他睡在床上，盖了被头，不起来，任肚子饥饿着。还有一件有趣的事，一天他在上海马路闲步，遇见一个友人。友人问他何处去，他说一个朋友请他吃夜饭。友人说我也被人家请去吃饭。后来问他请他吃饭的是什么人，在什么地方，他想了半天，竟说都忘记了。于是便跟着那位友人去吃饭。

五、 结　论

我现在总结苏曼殊的生平，可以说：他乃一个天才文学家，极富浪漫性；他并不参与革命事业，但革命思想非常热烈，对于社会问题亦复如是。我可以把"神龙见首不见尾""贤者不可测"二句来做他的传赞。

钱君匋（1907—1998），著名书法家、画家、篆刻家、书籍装帧家，中国当代"一身精三艺，九十臻高峰"的艺术大家。1925 年毕业于上海艺术师范学校，师从丰子恺学习西洋画，并自学书法、篆刻、国画。出版有《春梦恨》《中国儿歌选》《小学校音乐集》《鲁迅印谱》《钱君匋画集》《钱君匋书籍装帧艺术选》《钱君匋书画篆刻精品集》等。生前为中国美术家协会会员、中国书法家协会会员、中国音乐家协会会员。

陶元庆[*]论

钱君匋

一

大约在七年前的样子，我便和这"自然的父亲"陶元庆相识于一个学校中。当时，他虽尚在锻炼时期，但他的习作（Dessin）已经使教授们刺眼了。二年以后，我们又同事于一个学校中，那时，常在几种新刊的小说集的书面上看到他的装饰图案。我和他是极熟的朋友，实在有点难于说述下面的话，因为往往要被一般人认为是偏私的，然而我却不能不说我喜爱他的装饰图案的，不能不说更喜爱他的别种的绘画的，并且，我

---

[*] 陶元庆（1893—1929），与丰子恺、钱君匋齐名的书籍装帧艺术三大家之一。1929 年因病去世，年仅 36 岁。——编者注。

不但喜爱而已，我在喜爱之外，也常加以赞美。关于他的一切作品，我都见过，只因我向来很是疏懒，不曾以十分的注意去看这些作品，所以可说是仅仅见过这些作品的一个大概。今年，在三、四月间，因为我们离散的时候多，偶然碰到一个机会到杭州去，我便在他杭州的寓馆中宿了一夜，他沉默地、缠绵地与我谈些过去的事情，也有可以发笑的，也有可以哭泣的，谈得竟忘了时间。这次走散以后，直到他的死，不曾再面过一次。

在他死后二日，我在一个友人的喜筵上得了噩耗，这对于我不必说是非常刺激的。于是，我在百忙中草成此文。自然是拉杂而无系统的。盖我已无陶氏一般的"再三斟酌"的精神了。

二

陶元庆是怎样的一个人物呢？以我初次看来，仿佛是一个欢喜静穆而欢喜与黏带孩子气的青年交好的人，他对于他们，一面是母性的、慈爱的，一面是森严的、指领的。同学某君，以为他是可厌的，因为他对人谈笑时常以"呃""呃"的声音一直"呃"到底，使人怪不爽适的，我们要明白他的为人，我们还可举几件逸事来说说。

有一次，他住于上海何家弄，某日，忽然想请沈秉廉君等聚餐，于是他与同居的 T 君商酌菜饭，他不等 T 君发表意见，他便决定说："近来很穷，我们请客，原不是叫他们来吃菜肴的，我们今天不妨用面吧，只要我们诚意呵！"

北风极厉害，他独自一人在下关候火车来上海，月台上人极稀少，起先还只他一人而已，后来在暗暗的灯光中闪出一个寒士的影，他便向他招呼了。那寒士起先怪不好意思地与他周旋，因为寒士心中正有尴尬的事在冲击。他仿佛熟友一般，与寒士谈东话西，卒谈及寒士心中所怀的事情。那寒士见他很诚恳情挚，便把因为种种原因而把路费花尽了的话告诉了他，于是他把仅剩的五元钞票赠给寒士，寒士便留了一个地址，再三嘱他有空去他那边玩玩。

照上述二则，可以为未见过元庆的人作为参考，他是一个情感深挚的人，他一面要提携别人成为一个有用的人，一面他是好济急穷人的。他的"呃""呃"，不只是同学某君以为不快，差不多一般曾见过他而不能了解他的人都是以为如此的。

关于这一类的话，我们且不谈吧，在这里，且转向他的作品，在他的作品上，我们或者可以追怀得他的一个大概。

三

翻开立达学园美术院西画系第二届画展的陶元庆出品集，我们便可读得他当时的代表作，往后再翻，便看见鲁迅先生这样说：

> 陶元庆君绘画的展览，我在北京所见的是第一回。记得那时曾经说过这样的话：他以新的形，尤其是新的色来写出他自己的世界，而其中仍有中国向来的魂灵——要字面免得流于玄虚，则就是：民族性。

············

中国现今的一部分人，确是很有些苦闷。我想，这是古国的青年的迟暮之感。世界的时代思潮早已六面袭来，而自己还拘禁在三千年陈的桎梏里。于是觉醒，挣扎，反叛，要出而参与世界的事业——我要范围说得小一点，文艺之业。倘使中国在世界上不算在错，则这样的情形我以为也是对的。

然而现在外面的许多艺术界中人，已经对于自然都反叛，将自然割裂、改造了。而文艺史界中人，则舍了用惯的向来以为是"永久"的旧尺，另以各时代各民族的固有的尺来量各时代各民族的艺术，于是向埃及坟中的绘画赞叹，对黑人刀柄上的雕刻点头。这往往使我们误解，再回到旧日的桎梏里。而新艺术家们勇猛的反叛，则震惊我们的耳目，及往往不能不感服，但是，我们是迟暮了，并未参与过先前的事业，于是有时就不过敬谨接收，又成了一种可敬的身外的新桎梏。

陶元庆君的绘画，是没有这两种桎梏的。就因为内外两面，都和世界的时代思潮合流，而并非桎亡中国的民族性。

我于艺术界的事知道得极少，关于文字的事较为留心些。就如白话，从中，更就世所谓"欧化语体"来说罢。有人斥道：你用这样的语体，可惜皮肤不白，鼻梁不高呀！诚然，这教训是严厉的。但是，皮肤一白，鼻梁一高，他用的大概是欧文，不是欧化语体了。正唯其皮不白，鼻不高而偏要"的呵吗呢"，并且一句里用许多的"的"字，这才是为世诟病的今日的中国的我辈。

但我并非将欧化文来比拟陶元庆君的绘画，意思只在说：他并非"之乎者也"，因为用的是新的形和新的色；而又不是"Yes""No"，因为他究竟是中国人。所以，用密达尺来量，是不对的，但是也不能用什么汉朝的虑傂尺或清朝的营造尺，因为他已经是现今的人。我想，必须用存在于现今想要参与世界上的事业的中国人的心里的尺来量，这样才懂得他的艺术。

鲁迅先生这一篇介绍，说得非常恰当。看元庆的画，诚然要用"存在于现今想要参与世界上的事业的中国人的心里的尺来量"才是，就是看他的人也应该如此才对。再看子恺先生对于元庆的画的感想：

看画要当作书法看。字的装法，字的气势，墨的浓淡，是书法美的主体；意义与意思，则是书法美的辅助。

看画要取听音乐的态度。旋律的升降，节奏的缓急，和声的谐调，是音乐美的主体；曲的标题与歌的意义，则是音乐美的辅助。

画面的形状，色彩的谐调，明暗的配列，即"画面美"，是绘画美的主体；而所描的事象的形似与意义，则是绘画美的辅助。

故画，可说是托于自然物象而表出形状、色彩、调子等的空间美的。然而其所托的自然物象，必须经过"画化"，不是实现。即画以"画面上"的美为主，以"画面下"的意义为宾。

西洋的浪漫派、写实派的绘画，专重题材的选择，形似的描写，作出插画式、照相式的画来，是宾主颠倒。未来派、立体派、构图派索性不描物象，而徒事感觉的游戏，作出像老画家的调色板或漆匠司务的作裙的所谓"纯粹绘画"来，是矫枉过正，即前者是绘画的"文学化"，后者是绘画的"数学化"，均不及"音乐化""书法化"的自然而富于情味。

这是我对于陶元庆的绘画的感想。

元庆的画每幅都是"新的形""新的色"，且是"书法化""音乐化"的。譬如《大红袍》《卖轻气球①者》《宝石山远眺》等是极好的新的形、新的色的实例。《处处闻啼鸟》《水上戏》《一瞥》又非常音乐化的，它们的色、线、形的节奏，竟使你仿佛在听晓邦②的作品。《宝石山远眺》《车窗外》《落红》《白露》《天鹅》等是最为书法化的，前二幅仿佛怀素的草书，圆熟

---

① 即氢气球。——编者注。

② 今译肖邦。——编者注。

而流丽；后三幅仿佛赵孟頫的行书，遒劲而秀媚。盖元庆夙擅中国画，且工书法，他的画上有这些特殊的地方，原非无因。

元庆的画，在他自己，只是想实现他自己的每个意境，所表现的乃是"情感"。在十七年的秋季，他曾屡次对我说要描一幅"纵横"，以都市的通衢两旁的电线电杆等纵横的线来组成画面，同时他又拿一支铅笔在纸上乱画，作个大概给我看。后来这个设想因有几部分使他不能如意表出，再三斟酌以后仍没有作成，今日徒存这个画题罢了。

元庆的画，有些分不出水彩与油画来，自然更分不出中国画与西洋画来，因为他专致力于表现一种意境，往往在水彩画的画面上泼了许多粉，有时他厌弃画笔，用手指醮油画颜色作画，据他的经验，手指能描出使他合意的笔触和情绪，笔是万万不能做到的。

当他作画时，假使有友人去会他，他是不理的，就是对于饮食睡眠，也同时废止。他如果一遇意境表现得不充分，便终日懊恼；倘得了合意的结果，便喜欢得笑出泪来。他对于作品的爱护，又是出乎常人的意料的，往往为了背景的色与画面不调和，或边框的雕刻色彩不称意，而起一种重压的苦闷。他禁止一切人在他挂画的地方吸烟擦火柴。在旅行中，往往把画带走。

四

这里把他的画分为二部分来看一看：一是专装于框中的；

二是曾印于书面的。

专装于框中的共二十幅，现在摘记几幅在后面：

《卖轻气球者》是一幅大幅的水彩画，今年的七月间他旅居杭州时在一间小小的临时画室中所作成的一幅伟大的作品，我见他从构图起一直到完成，其中所费时间有一月之多。他把这画的一切设施，曾斟酌变换了不知多少次，才画成现在的一幅。他对于作画的认真、负责，可以愧煞目前一般粗制滥造的作家，我们从他的笔尖上播下来的一线一色，可以看见卖轻气球者的神情和轻气球一样的轻飘。

《烧剩的应天塔》是一幅他的故乡的景物画。这塔是建立在绍兴城南面的一座矮矮的龟山上的，在清末，该山的寺僧们祝佛诞时偶因张灯不慎失火，烧剩着如现在画中的模样。这一幅画的表现又是另外开辟了一个新的方面，满纸遍装着泼辣的笔触。

《一瞥》是一幅大家不注意的东西，因为色彩太淡了。其实，正唯其淡，才显露着它的好处，你看它舞蹈着的线条与奏鸣着的色彩多么谐和，而且作者是敢冲破一切的形式，而走入常人所不敢走的园地。

《落红》是一幅小小的静物，一个日常见惯的酒瓶中插着一朵大红色的花，题材简洁而朴实，表现瓶上的明暗又可以使一般作家瞠目。素来描写明暗是在暗的部分着以浓度的色彩而衬出明的部分来，在最强处则完全留着白色，但他不是这样平凡的画法，他竟把整个的瓶统留着白色，而在最明处以极犀利的细线来界分，表出最明的部分来，这仿佛也是新听到的吧。

《北平广安门》所给我们的感应是极其严森而冷酷的，这幅画把北京的气候发露无遗，城齿似乎都被冻成了冰块，城体也似乎被这种冷到极点的西北风吹紫了。这些让我们不能不叹服作者手腕的神奇。

《墓地》是上海斜桥附近的景物，这个景物现在恐已不存，他用稚弱的线和色、原始人的风味来表现墓地的哀凉，尤其在那一缕西斜的日光里含着无限的惨淡、难话的感伤。

《父亲负米归来的时候》情调非常惨淡，满画都是寒色冷线，但并不过分地阴寒，这线把无产者的家庭生活缩写得极为撮要、动心。我们不能轻易看过的。

《车窗外》的笔触洒脱，近似塞尚奴的作风，然而写"动"比塞尚奴更进一层。

《庙》，颓残的宝殿，秃的香炉，往日香火繁盛的痕迹，似乎约略可寻，使观者凭吊之心油然而生。

《湖滨》在纸角上突然描着一棵树，其结构仿佛很是单纯而且生硬，唯其如此，方可充分地表现出一种自我的梦幻的情景，四周轻漾的空气以及岸上的沙草，仅用一层浓浑的色彩，春的情调，已经要突破画面出来了。

《处处闻啼鸟》的内在意识是很充分的，确能表示出都市中的摩登女郎之浓淡及追随，且表现亦很深刻。

曾印于书面的共十六幅，现在撮要的写几幅在这里：

《苦闷的象征》，是鲁迅先生《苦闷的象征》的书面，画中为一个裸女用温柔的舌，舐那染了鲜血的三刺戟。郁悒的线条藏着无底的悲哀，我们看了毛管自然会竖起来，有这样恐怖的情景。

《大红袍》，元庆自称为第一幅，照这样经济的笔墨、生动的色彩、外形，谁也不能否认他。

《彷徨》是橘红底暗蓝纹的一幅，三个人向着的太阳，曾经有人说他太阳画得不圆，他也曾因此说而苦笑过。这画的情绪全体非常紧张，因之，彷徨的意义表现得"恰到好处"。

《往星中》，梦一般美的星中的世界，恐怕除元庆而外，不会再有第二人能幻想吧？此画原作与印出来的略有出入，自然印出来的较原作更其精彩，而无增减的余地的。

《唐宋传奇》的模样，很有六朝石刻的风尚，其用色亦古朴可爱，但印刷得却失神不少。

《监狱》的幻象描得非常新颖。人果然可以关锁在牢狱中，然而自由的灵魂却始终不能被监禁，他可以毫无羁绊地遨游于牢狱之外，这点，在"监狱"中可分明看出。

《坟》，地色的外形非常特殊。棺椁与坟的排列及古木的地位，都是最好的装法，不能移动一点，全幅的色的情调颇含死的气息。

《白露》中描着一位女神，他以前自己在这幅画上曾注道："是一位女神，在眉月的光下，银色的波上，断续地吹着风箫。那一树尊贵的花听得格外精神起来。"诚然，我们看这画的全部，用十分书法化的线描成，每线所分割成的形仿佛含有和声

（Harmony）的踪影，非常雄伟而振足，他自己的"注"早描出无遗了。

《若有其事》是一幕恍惚的憧憬，全画面都含动的情趣，这种情趣往往于疲倦后在闭了的眼的网膜上找得，但此画不及《往星中》那样美好、秀丽。

《鼻涕阿二》是一个扑蝶的半都会的女郎，这幅非常富于平面的情趣，他的着色仿佛纸细工一般。全画把扑蝶的轻舞的感觉表出，蝶衣的美丽、轻飘亦恰当地表出。在他的全部的作品中，这幅又另有一个倾向。

五

总之，元庆的画不被自然桎梏，而能在他自己的心中活动，驱使自然，所以他是配称"自然的父亲"的。他是画坛杰出的明星，不，比之以明星似乎不够，比之以月亮也太小，他竟是新兴画坛的光耀的太阳！

十八年九月九日于贮音室

陈西滢（1896—1970），著名作家和学者。江苏无锡人。1912 年负笈英伦，先读中学，后入爱丁堡大学和伦敦大学，1922 年获博士学位。回国后任北京大学外文系教授。1927 年与王世杰等创办《现代评论》周刊。1929 年到武汉大学任教授兼文学院院长。1943 年赴伦敦主持中英文化协会工作，1946 年出任国民政府驻联合国教科文组织首任常驻代表。著有《西滢闲话》和《西滢后话》。

刘叔和

陈西滢

1920 年的秋天，有几个中国留学生从美国到伦敦，其中我最先认识的是徐志摩。有一天，我在伦敦政治经济学院遇见志摩，他说，他同来的老刘认识我，他在饭厅里看见我的时候，说道："那不是小陈吗？"我问老刘是谁，志摩告诉我他名光一，字叔和，南通州人，北大法科毕业，在美国研究经济学，他们两人同船去美，现在又同船到英国。我听了还是茫然，想不起刘光一是谁来。

大约过了一两天，我才同叔和相遇，他说起我们在上海南洋公学的附属小学曾经同过半年学，那时他的名字叫光颐。我渐渐地想起一个常常穿白竹布大褂，脑后拖一根小辫子的瘦弱的人来。他这时还很瘦弱，不过那时他比我高半个头，现在我比他高半个头了。此外我能够想起的，只是他是老学生，比我高二级，我入校半年他便升学了。他自己说，他在小学的时候很懒惰，不大爱读书，所以毕业的时候是末一名，并且几乎不及格。

他在南洋公学中学毕业之后，就考进北大法科。那时他求学的兴趣已经很浓，毕业的时候，小学校考末一名的居然一变而为第一人。此后他在北大又研究了一年，就自己备了资斧到美国去了。

他在伦敦，就在伦敦政治经济学院研究经济学，尤其注意经济原理和经济史。可是他在经济学外，同时还研究许多东西。他又非常健谈，无论什么问题，从文艺科学以至极微细的事物，一经说道，叔和便有他的意见和结论，一开口便滔滔不绝。后来他同傅孟真和我都住在一条街上，往来极密。孟真也于学无所不窥，而又健谈。我们三个人每次相遇，叔和同孟真必争，叔和所是的孟真必定要说它非，孟真所非的叔和必定要说它是，旁征博引，奇趣横生。我素来讷讷不多言，然而也喜欢弄些野狐禅，遇到有趣的争论，免不了常常加入他们的战队；争端一开，往往历两三点钟不休。

叔和家中还富有，可是他日用非常地节俭。他住一间小屋，不能坐家中读书，每天清早挟书到学校图书室，或附近的图书馆去攻读。除了上课的时候，他整天总在图书馆，直到闭馆才回家。那时我同孟真等也穷极，我住在屋顶一小屋中，更加狭窄，所以不得不上图书馆读书。中饭的时候，我们三人大都会集于附近一个极便宜的小饭馆中，吃那永不变更的煮牛肉，讨论种种色色的问题。饭后到附近的 Clapham Common① 散步片时，自然又少不了争论，又各回图书馆。除了星期日我们有时到郊外游息或做长时间的争论外，日常生活，大都如此。

1921 年的年底，我到德国，在 Dresden② 住了半年，6 月到柏林，孟真、叔和已先在。那时中国学生从他国到德国的很多，大多因为马克价落，前去游历。叔和仍旧闭门读书，所以不到三个月，他已经可以勉强看德国书和谈话。我不久便去法国，又从法国回中国，风传以后叔和在德国也曾经有过些浪漫生活，可是这一段历史我就不知道了。

叔和在 1923 年的秋天回中国。因为他只身没有家属——他曾经结过婚，没有子息，他在美国时候他的夫人便去世了——他就同我们几个人同住。这也许是叔和的不幸。因为叔和为人极随和，对于主张及操守却很固执。他同寓和往来的人，都不懂得酬世的方法，不知道怎样地迎合潮流，怎样地观风转舵，怎样地敷衍所有交往的人。他们相信什么是对的，便觉得应当做什么，不知道在中国做事必须用手段，必须有交换的条件。因此他们在中国社会里总觉得格格不入，他们想做的常常失败。他们的朋友们总说他们的洋气太深，书呆子气太重，劝他们圆活些，反对他们的人只觉得他们可厌，是应当用种种的方法扫

---

① 克来芬公园（Clapham Common），伦敦最著名的公园之一，位于伦敦南部。——编者注。

② 德累斯顿（Dresden），德国萨克森州首府和第一大城市，位于德国的东部。——编者注。

除掉的障碍物。他们自己也觉得什么事都做不好，非常地无聊。叔和处身其中，自然更加不能与流俗相合了。

叔和在北大所教的课，最重要的是欧洲经济史。经济史是他专门研究的学问，然而他并不对于自己所已经知道的认为满足，还是非常刻苦地预备。往往因一小点，遍翻所有的英、德、法三国参考书，必定要毫无疑窦才罢。他对于所有的功课，都这样地认真，所以常常到夜间二三点钟才睡。有时他发现了自己以前演讲的错误，无论怎样地微小，他一定要在讲堂上认错更正。这种欧美学者酷爱真理的精神，在中国也许免不了受一般学生的轻视。我知道有几个优秀的学生实在非常敬爱叔和，然而大部分也许不见得能识叔和的真价值，要不然叔和也不至于脱离北大了。

去年学期考试的时候，某班学生要自己选择座位，叔和却固执非依他排的号数坐不可，因此许多学生说他污辱他们的人格，拒不受试。经了这次风潮，叔和已经非常地灰心。下一学期忽然他接到他所教的选读班学生用全体名义写的一封信，攻击他好厉害，说他的教课是"潦草敷衍"。用别种罪名骂叔和，他也许还可以忍受，把"潦草敷衍"四字来责备一个教课最认真、最不肯半点将就的人，使他觉得他的心血有白用的了。加之他对于学校种种的不满意，就决意辞职。后来他的别班学生竭力地挽留他，学校方面也不肯准他辞职，朋友们苦苦地劝告他，就是写信的那班学生也有人表示后悔，可是叔和无论怎样不肯再回北大了。

他因为教了一年半书，只是预备功课，没有时候去研究新的学问，所以他脱离北大后不愿就别的事，只想自己读书，恢复以前在欧美时的求学的兴趣。正在这个时候，《现代评论》出版了，同人中只有他没有固定的职务，就推他为经理。为了这个报，他奔走了好几个月，费了不少的心血，报酬自然是没有的，非但没有报酬，他还贴了不少的车钱和邮费。他自己相信很有办事的能力，其实他始终还是一个学者，所以这个担子压在他的背上，使他很感觉负担的沉重。

近二三月来，报纸的事务已经上了轨道，他也渐渐地回复到以前求学时代的生活。除了为了沪案他非常热心地做了许多切实的研究之外，几乎只是关了门读他想读的书。不意他忽然病了。

他身体极弱，自己的起居又没有一定的时刻，饮食又不当心，所以常常有病。八月中旬他又觉发烧很重。我们起初以为他的病不过旧病复发，并不在意。可是请中医医治二三天非但不好，并且加重。一天，适之去看他，他说"My days are numbered"；他虽然说的是笑话，我们很替他着急，劝他搬入医院，因为医院里看护总得周到些。他自己为节省计，决意搬入德国医院。他去以后，我们才知道那个医院简直没有什么叫看护，要招呼还得自己带人去。可是他的病是重伤寒，病势极重，不便再搬。在医院住了十天，我们看见他一天一天地瘦弱，目光一天一天地呆钝，耳朵一天一天地不灵，可是他的热度却渐渐地减少，医生说他的病很有起色。

9月1日下午我同钱乙藜到医院。觉得他虽然瘦得可怕，然而精神却好些，看护妇说，危险的时期已经过了，以后只要不吃东西，便慢慢地好了。我们听了很高兴。

第二天中午，医院忽然来电话，叫我们派人速去。我们到时约在下午一时半，该院医生克利与友人周振禹医生都说他的病没有希望了，克利医士说病人直至前一日，日有起色，昨晚忽变卦，不知吃了什么没有。叔和此时尚清醒，看见多人忽至，目光灼灼从此人转至那人，额角汗珠迸发，问道："My case 没有 hope 了么？"我们只好忍止眼泪，安慰他，同他说病已加重，但不是无望，不过须有人在旁服侍才好，请他把家中住址告诉我们吧。他说："不用通知他们了，没有用的。"我们催了几次才说了。我们问他昨晚吃什么没有，他说没有。他又说："昨天晚上闹得天翻地覆，如果今晚也这样，我就不能活了。"我们一面去打电报给他家族，一面到协和医院另请医生，希望再有回生之术。二时半他又嘱我发一电给他长兄。我三时回医院，他已经不言语了。三时二十分协和医生到，略审视，即告束手，并且说恐怕只有几点或几分钟的事了。医生去后，朋友们恐环立室中，扰乱病者神思，都退出门外。房中只有我同看护妇一人及侍者一人。果然不到几分钟，叔和已与世长辞了。

叔和死的日期是9月2日，便是阴历的七月半。先四五天，钱乙藜去看他，他问将到八月半未，乙藜说离七月半还有多少天，叔和说"七月半要出院去逛逛了"，不意竟在这一天弃了他的躯壳去了。

我们同医院交涉叔和身后事完毕出院，在门口遇信差。有一信是志摩给叔和的。我拆开一看，是志摩南下时告辞的信，信里说道："盼兄耐心静养，早日安复为慰。南中逗留约十日至十五日，归时再见。"今志摩已归，叔和却永远不能再见了。

叔和的病不是不能救的，并且在医院多少天，一天一天地热度已减轻。死的前一天，他精神也略好，夜间忽然变卦，一定有特别原因，医生说也许他前晚吃了东西或动了，他既说并没有吃东西，那么想来是动了。他所说"昨晚闹得天翻地覆"的话，恐怕与他的死有关吧。前一天我们在医院时，间壁某室忽发哭声，可是叔和那时并没有听见。也许晚间那死者的家族都来号啕大哭，叔和听见了，因为非常不安而动了也未可知。其实举哀痛哭这些事，在医院是应当禁止的，就这一点也就可知道德国医院的随便了。

叔和性情平易，待人和婉，可是常常喜欢说抱怨的话，请他办事，强之常达目的，可是开始总自捶其胸道："办不了，办不了。"大约因此及因他说话极多的缘故，朋友们称他为"刘姥姥"。许多散处欧美、中国的朋友听见刘姥姥忽然死了，一定会感觉极沉痛的哀悼。

胡山源（1897—1988），原名胡三元，作家、翻译家。1920 年肄业于杭州之江大学。历任上海基督教青年协会书报部翻译、杭州之江大学教师、上海世界书局编辑等职。20 世纪20 年代初与钱江春等发起组织的"弥洒社"，是新文化运动中一个有影响的流派。1916 年开始发表作品，一生著有长篇小说、短篇小说集、传记文学、剧本、译著约 1 000 万字。1957 年"反右"后从文坛上销声匿迹。

一个难得的文人

胡山源

一、 江春二十年祭

江春于十六年四月三日去世，到今天整整二十年，我再不能不写几个字，来纪念他一下。

江春是我的同学、朋友、知交；如果情人不限于异性，他也是我的情人。总之，除了骨肉之外，他是人与人之间和我最亲密的人！我嗜好文学，他也嗜好文学，和我共同发起"弥洒社"；我嗜好游览，他也嗜好游览。虽然他所嗜好的，例如拉梵哑林①，并不样样都是我所嗜好的，但我所嗜好的，却似乎他都有兴趣，譬如看足球，他的兴趣并没有我的高，却往往被我拉

---

① 指小提琴（Violin）。——编者注。

了和他的夫人一同和我去。……

我有困难，不必我说出口来，他早就为我解决，安排好。最普通的，我没有钱寄回家，他不必等我开口，或当他真真不知道时，至多对他说一声，他一定就会借钱给我。借了从来不会问我索讨；我还给他时，他也不会不要。他真正是一个缓急可恃的人！

尤其重要的，他在我的精神上不知给了多少安慰。二三十年前，我是一个善发牢骚的人，而所遭遇的，几乎没有一种不是拂意的。这并不是我的命运不佳，实在我的脾气不能从俗，而生活困难，又不能不向人有所周旋，甚至请托。他竭尽了他言词上的譬解，实际上的援助，使我安定以至奋发。我的话，说给别人听，也许会被轻忽，更可能会被耻笑、反对；但说给他听，似乎就从来没有一次不被重视和同意过。我的行动，当然更有许多人不以为然的；但在他看来，似乎都是对的，当面对我总说赞成，背地也总说我不错。一句话，在感情上，他对我有无条件的融洽！

管仲说："生我者父母，知我者鲍叔。"我不能不说："生我者父母，知我者江春。"不幸，他在二十年前，以二十八岁正当有为的年龄，却因伤寒症去世了！

但他去世后，我没有写过什么来纪念他。在他的追悼会中，我没有送过一字一句的联幛。其他任何刊物上，我也没有直接提到过他。这不是我不会写，实在我不要写。

不要写的理由，当然不是根本不要写，正是"盖有待也"。

待什么？待我能够畅快彻底地写，待写出来后马上能够刊布，传之久远。任何敷衍塞责地写，我不要。可是这样一待就待了二十年！

在这二十年中，前十年我只困顿憔悴于生活的挣扎中，后十年，自从抗战到现在，是个什么时代，谁都知道，当然我还只是在挣扎中，我不能写，写了也不能刊布。我只有待，待一个机会，待什么奇迹出现，可以偿我的宿愿。

现在，机会来了么？没有！奇迹出现了么？更没有！但我觉得不能再待了：时世如此，"俟河之清，知在何日"！而我自己，揽镜自照，白发即将盈颠，垂垂老矣，还待什么！

我已在畅快彻底地写，已写好我预计的五分之四，约六七十万字，希望本年就可以写好，写好后，刊布的机会当然没有把握，能否传之久远，尤其渺茫。但我想：只要写好，其他都不成问题，奇迹是不会出现的（例如哪一个江春其他的好友，或任何人，会助成我这事），而机会却总是有的。在我生前不能刊布出去，也许我的子孙会给我刊布出去，至少我的子孙总一直会将我所写的这些纪念江春的手稿保留下去，虽不远，亦久矣。

我不再待了，我在他的二十年祭，先要写这一篇小文来纪念他。实在他死得太寂寞了，在这二十年中，我没有看见或听见一个人，连他的家属在内，对他有过什么纪念的表示。我这篇小文固然没有什么大力量，正如我那百万字的长篇，也不见得有什么力量一般，但我总算对他尽了一些心。

二十年中，我无时无刻不纪念他，此后，我还是无时无刻不纪念他！这是我对他的真正纪念，不单在他这二十年祭的一天！

江春姓钱，字蓉孙，松江人，东吴大学法学士，曾任商务印书馆编译多年，手创松江初级中学，为松江、上海景贤女子中学负责人之一。著述散见各刊物，我当为之收集，出一全集。

他与社会国家的关系，应该有人为他写；如果没有，我也要另外为他写，这里不赘。

二、 一个难得的文人

钱江春兄，我的朋友，是一个难得的文人。

一般说来，凡是会读书写字的，便可以称为文人。但这种文人太多了，并不难得。进而会写文章的，当然更是文人。但文章也许只是文章，并非文学，真正懂得文学的文人，恐怕还是不多。当今之世，文学又有新旧的区别，要说新旧都能贯通，而更能始终拥护新文学的，那就少之又少吧。钱江春兄便是这样一个少之又少的文人。

由文学而及一般的艺术，本来是文人应有的了解。但今之所谓文人者，究竟有几个是真正了解一般的艺术的？钱江春兄却不然。他懂得音乐，精于中国丝竹之外，西乐的梵哑林就拉过多年。他会写碑体字，画虽没有学过，却能做心领神会的欣赏，逢有画展必去参观，并鼓励他的妻子和亲戚入美专习画。对于其他艺术，都作如是观，他无不了解。

这样的文人，往往是一个名士，是一个不善于干事的人。

从古以来，能萃经济、文章于一身的，似乎也寥寥无几。但钱江春兄却又不然，却又正是善于干事的人。他独创一个中学校，便足以说明这一点的难得。

也许又可以说，善于干事的文人，到底还是有的，而最难得的，却是他们干的事并不是为一己之名利，而为一种崇高的目的。试问：就以办学而论，一个人想尽方法、独自挖出腰包来、任劳任怨、始终努力不懈的，到底有谁，除了我的朋友钱江春兄？他呀，他只是为教育而教育，为服务社会而教育，为促进文化而教育，在世风日下的名利场中看看，简直找不出像他一样的第二个文人来，这是真正的难得！

可惜，这样难得的文人，当他二十八岁的壮年，在二十年前的四月三日，却因伤寒症而一瞑不视了！这对他自己是一种损失，对社会更是一种损失！

我和他相交，虽然也只有十年左右，可是因为志同道合，而又时常在一起，有时简直生活在一起的缘故，他真是我难得的友人。

他对于我的难得，要举出事实来，也许要费上几百万言，当然不能在这里提到什么。我只能概括地说：在他以前，没有像他的友人；在他以后，一直到现在，我也没有像他的友人；至于将来，当然还不能确定，但，我总不能不说："佳人难再得！"（佳人本来也可指男子。）

如果他还活着，我相信我一定要比现在不同些。我不会时时遭受忧伤的袭击，袭击来了，我一定容易打退它，因为他会慰解我，支持我。我也不会像现在，写了文字无处发表，要出版书籍也不可能，因为他曾和我办过文艺刊物，要办书局，当然不成问题；他对于文艺，又和我一样地感兴趣，而他更有巨大的资产。（在他去世时，这资产还握在他父亲的手中。）

如果他还活着，也许我还可以做一些较大的事业。因为我现在虽然也在办学校，也始终不为名利打算，但我的干才的确不及他，我的"底子"更差得太远，我顶多只能有一些小成就，而失败却是很可能的。有了他，我就有后盾了。

总之，如果他还活着，我的思想、我的生活，都不会恰正和现在一样，都一定有所改变，而这改变也一定只有好，没有坏，因此，我不论在何时，不论做何事，都不能不想到他，尤其逢到挫折时、不如意时。

可惜他到底已不在这个世上了，我还只是现在的我，徒然发着难得的叹息！他的死，正像带走了我一半生命，不能说只是一种损失。

对于大家，他是一个难得的文人，对于我，他是一个难得的友人。我何幸而有这样一个文人的友人，又何不幸而失去这样一个文人的友人！

二十年不是一个短短的时期，但在我的眼前，一切都还像是昨日事！我怅望着渐渐绿起来的细柳新蒲，写不下去了！……

三十六年四月三日

胡山源（1897—1988），原名胡三元，作家、翻译家。1920年肄业于杭州之江大学。历任上海基督教青年协会书报部翻译、杭州之江大学教师、上海世界书局编辑等职。20世纪20年代初与钱江春等发起组织的"弥洒社"，是新文化运动中一个有影响的流派。1916年开始发表作品，一生著有长篇小说、短篇小说集、传记文学、剧本、译著约1 000万字。1957年"反右"后从文坛上销声匿迹。

一个沉默的文人

——悼莎氏全集译者朱生豪君

胡山源

　　看了各报上煌煌的广告，知道朱生豪君所译的莎士比亚全集已经出版了。这真是一件可喜之事。在我国现在文艺界一蹶不振的时候，有这样的巨制出版，可喜。朱君大名，赫然与世人相见，以我对朱君相知之深，期望之切，而有此成绩，也是可喜。然而我一念及朱君的种种，尤其他的不幸短命，又怎能不叫我根触万端，而悲哀无已呢！

　　朱君在之江大学一毕业，就由我的介绍，进入世界书局编译所英文部任职。这实在比了一般大学生为幸运，因为他既毕业即得业，而所业又正是他所乐为的文学工作。他的工作是出色的，因为他的中文和英文，非但都在他的同班之上，也远胜于一般文艺青年。我很高兴，有他这样一个人，为母校生色，为文学工作添人才，为我个人增加同志。有一时期，他寄膳在我的家中，因此每天，几乎所有白昼的时间，我都和他在一起。

可是他太沉默了，沉默到使人不易相信的地步。在编译所中，四五年来，我没有听见他说过十句话。有谁和他说话，他总以微笑报之，不是不发一言，便只一二个字最简单的答语。有一次，他身体不舒适，也不作声，成了病，也不告诉我们，只恹恹地睡在另外借居的房屋里不出来。我妻前去探探，发觉他形势的严重，连忙为他找医生来看，果然是我们预料的猩红热，连忙将他送医院，在那里住了几星期，方才回来。在这样紧张之下，他也没有说一句懊丧的话，甚至连痛苦的呻吟也没有，只默默地听由我们的安排。他到了心的沉默的地步。

他的沉默，我不否认，正是他的长处。他是我们中国文人的典型！这固然是他的天性，然而天下事毕竟有什么可说的！"天何言哉"，大圣早有评定。"相喻于无言"，天下事本当作如是观。他无形中契合了我们传统上的要道至理。然而我也不否认，他的沉默，正也是他的短处，简直就是吃亏之处。他的得着肺病，以至去世，未始不是太沉默了之故。沉默的心是不喜欢运动或任何发泄的，自然容易成病；吃了亏，或者受了气，亦闷在肚子里，哪有不生病之理。生了病，没有办法，能帮他的友人或者不知道，或者无能为力，他自然只有死。莎氏全集是他此生工作的佳美成绩，实在也就是他致死的重要原因。

在抗战前，他以极低的代价，大约每千字一二元，翻译着这全集。那时他并不依此为生，所以还可以将就过去。抗战一发生，编译所解散，他失了业，只好回到故乡去，无以为生，他才不得不全靠着这个翻译。然而翻译的代价还是那样地低，低得也会使人不相信。在书局的当局还是本着救济他的心念而给他继续翻译下去的，否则也早就和其他的编译一般，都归停顿了。书局当局的存心，固然未可厚非，而翻译者却苦极苦极了！饘粥不全，医药费全无，久而久之，他不默默地死去，还有什么新的生路！呜呼，哀哉！

想不到在他死后不久，他的姓名却借着这全集的出版，而熠耀于众人的目前。将来他是否可以声名洋溢，流芳百世，那还要等将来来决定。但目前的情形，似乎至少已打破了他生前沉默的作风。我不知他地下有知，将作何感想。我也不知，要是他还活着，书局是否肯这样大吹大擂地将他抬出来。因为胜利已经二年，这书局正在增资，业务正在发展，从前在"八一三"那天上午十一点钟放下笔而走出编译所的人，到现在一个都没有复职，有几个人的困苦艰难并不下于朱君，而沉默也正与朱君相仿佛，该书局都置之不问。朱君也是那天那时同走出来的一个，他会比其他的人更有幸运，更会被该书局看得起么——如果他现在不已是一个死人！朱君的死，在这一点上，似乎又较胜于其他活着受罪的编译所同仁了！

现在朱君死了，该书局会不会索性讨好到底，在这全集出版上，对朱君的遗属有所援助呢？朱君是沉默的人，生前沉默，死后当然尤其沉默，对他的遗属略予小惠，我相信他是绝不会计较的，其他活着的编译所同仁，也不见得会来援例以请，该书局尽可放手为之，以博宏奖文人之名，该书局岂有意乎！

周楞伽（1911—1992），著名作家、中国古典文学学者、书法家。原名周剑箫，有危月燕、周华严、王易庵等多个笔名。6岁启蒙，先后入私塾、教会学校、私立小学读书。10岁生病耳聋，因病辍学。1927年开始从事文学创作，著有长篇小说《炼狱》《轻烟》《风风雨雨》《幽林》等，短篇小说集《饿人》《旱灾》《小姐们》等，儿童文学《哪吒》《岳云》，历史小说《李师师传奇》，回忆录《伤逝与谈往》。

记郁达夫*

周楞伽

万劫艰难病废身，姓名虽在已非真，
多惭鲍叔能怜我，只怕灌夫要骂人。
泥马纵骄总少骨，坑灰未冷待扬尘，
国门吕览应传世，何必臣雄再剧秦。

上面的一首诗，是郁达夫先生在民国廿四年冬天作成了抄给幽默大师林语堂看的，诗前有题云："岁暮穷极，有某府怜其贫，属其撰文，因步钓台题壁原韵以作答。"实际上，这首诗简直可以说是郁达夫先生个人人格的写照，我们只要一读这首诗，

---

*郁达夫（1896—1945），原名郁文，字达生，中国现代著名小说家、散文家、诗人。——编者注。

眼前便恍惚有一个傲骨嶙峋、耿介拔俗而又跅弛不羁的诗人涌现出来。他是率真的，不谐世俗的，旁人批评他浪漫颓废，其实根本是对他没有认识，不明白他的胸襟。形成他这种与常人殊异的性格的，一半是所谓"江左风流"的才子气，另外一半则是一肚皮不合事宜，这才借酒浇愁，狂歌当哭，学那刘伶纵饮，庾信疏狂。

倘若把古来的文人和郁达夫先生相比，我以为最像不过的，莫过于那对人有青白两种眼色的阮籍了。史称阮籍志气宏放，傲然独得，任性不羁，而喜怒不形于色，或闭户视书，累月不出，或登临山水，经日忘归，博览群籍，嗜酒能啸，当其得意，忽忘形骸，这些都和郁达夫先生相仿。而尤其相像的，是阮籍在魏晋之际，屡次出而从政，而他却不与闻世事，酣饮为常。郁达夫先生在民国廿四五年间也曾到福建去做官，而他也是纵情诗酒，很少与闻政事。前有阮步兵，后有郁达夫，这两人的生涯竟如此相像，足可称为文苑传中的佳话了。

我认识郁达夫先生是在民国廿四年间，那时他正和他的夫人王映霞女士卜居杭州，大约隔一月或半月光景到上海来一趟，看看亲友，送送稿子，拿拿稿费，算算版税，待到一切任务完毕，便回到杭州，向他的小家庭中一溜，左顾孺人，右抚稚子，寄闲情于山水，吟吟自己"伤乱久嫌文字狱，偷安新学武陵渔"的诗句，倒也颇觉悠然自得其乐。当时他的作品，以交给北新书局出版的居多数，尤其是《达夫全集》，最受青年读者的欢迎，所以他每次到上海来，总要到北新书局去，我认识他，也就是在北新书局编辑所时。初看见他时，我几乎不相信他就是大名鼎鼎受许多青年崇拜的郁达夫先生，因为他的外表上，毫没有一些新文艺作家的样子。他不穿西装革履，却穿着中装长衫，脚下也是白袜，直贡呢鞋，乍看上去竟像是个旧式商人的模样。瘦瘦的身材，个子并不高，面部的特点是：额角很宽，鼻大而平，眼睛很小，嘴唇很薄，两耳有些招风，这一切都是很容易使人记忆的。不过认虽然认识了他，却没有和他交谈的机会。后来又在鲁迅先生的追悼会上遇见过他一次，那时他正预备到东京去，从福建到上海时恰巧逢上鲁迅先生的追悼会，在许多追悼的人群中，他当然不会注意到旁边有一个我，何况我和他本来并不熟识呢！自从见过这第二面以后，便从此地北天南，再无相见的机缘了。

说到郁达夫先生的文学生涯，那应该远溯到二十年以前，那时他和郭沫若、张资平、王独清、成仿吾等一班人，都是属于留东学生，因为接受了新文化运动的洗礼，兼之各人对文艺都具有浓厚的兴趣，便虽所学的不是文科，也都在课余写一些文艺作品寄到国内来，在国内著名的报章杂志上发表。当时的几种著名的刊物，如《学灯》《觉悟》《东方杂志》《学艺》《太平洋》《少年中国》等，都常登载他的作品，但他的正式成名，却是创造社这文学团体成立以后的事。

创造社是中国新文坛上具有不灭功勋而又最为青年崇拜的文学团体，这团体的发起人中，郁达夫也是一个，在前期的创造社中，他可说是始终努力支持的一人。创造社的几个发起人中，郭沫若与王独清以诗著，成仿吾以批评鸣，而郁达夫与张资平则以小说称。他所写的小说，大都是以青年的性爱心理为题材，很有许多大胆描摹的地方，如《沉沦》《银灰色的死》《茫茫夜》等，都大胆地把青年人的性的苦闷的情绪揭发了出来，而他的得名及受青年人的欢迎也就在此。因为"五四"以后，青年刚从旧礼教制度的束缚下解放出来，但社会却还是个守旧的社会，青年人所如辄阻，满腔苦闷无从发泄，郁达夫的作品恰好出来做了他们的代言人，自然深投他们的所好了。同时也正因此，他便被社会上的一批以卫道者自居的正人君子之流所嫉视，加他以浪漫派作家或颓废派作家的头衔，而他也坦然居之而不疑。当时的新文化运动的倡导者，是都带有些革命精神的，做旧礼教旧制度的叛逆，这在他们是视为非常光荣的事。

创造社最初和泰东书局合作，出有《创造季刊》《创造周报》等刊物和《创造社丛书》。《创造社丛书》中，郁达夫的作品也占有两种：一是《沉沦》，一是《茑萝行》。后来因为泰东书局的老板赵南公对待作家太苛刻，版税总不肯照算，创造社各作家一怒之下，便相率脱离了泰东，自己创立创造社出版部，除出版《创造月刊》、刊印新书外，并把泰东所出各书的版权收回来重印。但这时正是北伐时期的前夜，大家都有另外的职务在身，郁达夫也应了广州中山大学之聘，前去教书，对创造社的事务无暇兼顾，便都交给创造社的一位小伙计周全平去办理。谁知周全平却趁着创造社各重要人物都不在上海，在社内从中舞弊，大肆中饱。创造社各理事也微有所闻，苦于谁都分身不开，恰好郁达夫交卸了中山大学教务，便托他到上海来查账。郁达夫刚到上海，那周全平却挟着创造社内的一笔巨款，逃之夭夭了。这在创造社本身当然是一重莫大的打击，幸而创造社在青年群中已经植下了良好的信誉，稍事整顿，一切便都又踏上了正轨。不料创造社的内部一切才踏上正轨，郁达夫却反而以脱离创造社闻了。

郁达夫的脱离创造社，绝不是无因的，这正是他尊重思想自由，不愿意使一个纯正的文学团体受政治束缚的严正表示。原来这时创造社的几个重要人物已都在政治活动上宣告失败，铩羽归来；百无聊赖之余，便想利用创造社在青年群中的信誉，使它成为政治的附庸，来宣传带有某种色彩的文学。这在郁达夫当然是极不赞成的，无奈众议佥同，他一人势孤力弱，争论无效，便只好毅然决然地登报声明脱离创造社。

郁达夫脱离了创造社以后，索性我行我素，写他自己所要写的文章，一方面纵情诗酒，倒反觉得脱然无累。这时恰好《语丝》不容于奉张，由北京迁移到南方出版，鲁迅也由厦门到上海来主持辑务，《语丝》的发行者北新书局也在上海建立了发行所，郁达夫便和鲁迅合作，重新来创造他的文学生命。他过去所发表的作品，本来已经辑成了《达夫全集》，第一集《寒灰集》且已由创造社出版部出版，这时也收回来，改交北新书局去发行；过了些时，甚至和鲁迅合编起《奔流月刊》来，尽管改弦后的创造社对他大肆攻击，他也只是置之不理。

脱离创造社后的郁达夫，他的作品仍不脱过去浪漫颓废的色彩，如《迷羊》《感伤的行旅》《她是一个弱女子》等，都与他前期所发表的作品没有多大区别。但时代的进展却使得他的作品渐渐在青年群中落伍了。郁达夫很有自知之明，知道他的浪漫主义的作风业已过时，索性搁笔不再写小说，一方面携家卜居杭州，一方面到处游山玩水，把沿途所见的风景笔之于书，然后整理出来发表，这就是后来交现代书局出版的《屐痕处处》。

到了民国廿四年间，他从前留日时的一位旧同学陈公侠做了福建省政府主席，慕他的文名，便礼聘他前去，担任福建省政府参议。郁达夫在政治上本来并没有什么立场，这时他正苦于文字生涯的不可为，作品既发表得不多，版税收入也日趋微薄，不足以赡养妻孥，便也乐得应聘，借鹤俸所入来过他纵情诗酒的放诞生活。

不过他的官运也只交了两年多光景，廿五年冬天，他参与了鲁迅的追悼会以后，便东渡扶桑。事变起后，他更在国内随处漂游，行踪无定，其间曾有一时，在湖南汉寿他的朋友易君左家里住了好久。易君左便是龙阳才子易实甫的儿子，原名易家钺，以《闲话扬州》一书闯祸得名，性格和郁达夫相仿佛，也有些文人积习，诗酒风流，所以两人在一起颇为相得。后来胡文虎在新加坡创办《星洲日报》，想请国内一位有名的文学家去担任副刊编务，但大都嫌路远，惮于跋涉，虽然报酬很丰，也都不肯前去，唯有郁达夫却是闲散之身，在国内正苦无事可干，便自告奋勇，去担任副刊编务。这一去国，在他不过是勉可维持生活，并不能算是得其所哉，而他和他的夫人王映霞女士本来已告破裂的感情，终于无法再维持下去，不得不宣告仳离了，这无疑地是郁达夫的生命史上最痛苦的一件事。

关于郁达夫和他的夫人王映霞女士仳离的始末，有许多报章登载过，就是他自己也有《毁家诗纪》以记其事，这里本来可以用不着再多说什么，不过关于他们从结合到仳离的经过，却很少有人能原原本本地说出，所以觉得有从头至尾重新加以记述一番的必要。从前陆放翁寄恨钗头凤，曾传为文苑传中的佳话，但在他本人却是伤心得很的；现在郁达夫的毁家，其遭际经过虽与陆放翁不同，而他的伤心却也正不下于陆，何千古诗人的不幸，竟如出一辙耶！

关于郁达夫和王映霞的结合，有许多人说是出于王映霞的毛遂自荐，并未经过任何人的介绍，王因为慕郁的文名，所以自动前来，向郁表示愿意委身相事，所以大家都很羡慕郁达夫的怡来艳福。但据郁达夫诗中所述，"犹记当年礼聘勤，十千沽酒圣湖滨，频烧绛蜡迟宵柝，细煮龙涎浣宿熏"，则他们的结合似乎又曾经过礼聘的手续。到底他们结合的真相如何，因为手头恰巧没有郁达夫所著的《日记九种》，只好暂时存疑。不过有一点可以相信的，是他们的结合由于自由恋爱，并未经过家庭的同意。郁氏原是有妇之夫，且已生儿育女，王女士那时则是一个小城市中的小学教师，郁氏因为对他的前妻不大满意，还曾和他的老母翻脸，愤然离开他富阳原籍，而王女士则是丽质天生，以艳冶著称的。

郁达夫和王映霞结合以后，双方情好甚笃，难得有两个月以上的别离。后来郁因为厌恶上海的烦嚣，便携家卜居杭州。他搬到杭州去住，鲁迅很不赞成，曾有一诗阻之云：

> 钱王登遐仍如在，伍相随波不可寻。平楚日和憎健翮，小山香满蔽高岑。坟坛冷落将军岳，梅鹤凄凉处士林，何似举家游旷远，风波浩荡足行吟。

鲁迅所以要阻郁达夫移家杭州，是因为他早已尝试过浙江党政诸公的辣手，他的作品在浙江各地遭受无理压迫，禁止发卖，甚至称他为"堕落文人"，所以他知道郁达夫到杭州去住绝不会有良好结果，这才阻止他不要轻蹈虎口。郁达夫不听他的忠告，反去和浙江的官僚接近，引当时的浙江省教育厅长许绍棣为知己良友，结果是被他的这位良友把他的夫人都奸占了去，弄成了伶仃一身，岂不可叹！

郁达夫初到杭州，是分租人家一椽寄居的，后来却有人慕他的文名，自愿送他一方地基，他便在这块地基上鸠工庀材，建筑起一幢平屋来，这平屋中却又造了一间唯一的小楼，以供登眺湖光山色之用。虽说地基是人家送给他的，但他建筑这幢平屋的费用却花去七千元之多，这倒并不是泥水匠和木匠敲他的竹杠，原来他这幢平屋外表建得很平常而又简陋，内部却美轮美奂，建筑得非常精致，这也是他的聪明处，目的是可以防止外人觊觎，谁知外人觊觎他的，竟是别有所在呢。

新屋完成以后，郁达夫自己给它题上了"风雨茅庐"四字，从此他便和他的夫人隐居在新屋里面，笑傲烟霞，悠然自得，并且常常请他的亲友们来他的新屋中便饭，吃他夫人自己做的菜。但他本是个文人，不事生产，不善居积，这一场造屋费用几乎把他在福建做小官的宦囊所入为之一空。生计所迫，使他不得继续到福建去过一行做吏的生涯，而把他的爱妻留在杭州，托他的挚友浙江教育厅长许绍棣代为照料。不料许竟趁郁达夫不在，在王映霞面前献起殷勤来。王映霞自从嫁了郁达夫以后，跟着他出入交际，亲眼看见做官的人声势煊赫，起居豪华，早已引动了她的虚荣心，暗中艳羡不止，而不满意于郁达夫的清贫，现在见有一位现任官吏而又年富力壮的许绍棣向她献殷勤，怎能不芳心暗许，不过因为许妻尚在，双方毕竟有所顾忌，不敢明目张胆地肆无忌惮。事有凑巧，到了廿六年秋天，许妻因病逝世，事变恰巧爆发，郁达夫那时恰好到上海去晤郭沫若，海道被阻，陆行又多危险，一时不能返杭，许绍棣便趁此机会，和王映霞发生了关系。当时许为了要坚定王的信心，还把港币三十七万余元的一扣存折交王代为保存，后来因为要换购美金方始取去。郁达夫那时还被瞒在鼓里，毫不知道，好容易吃尽千辛万苦，由闽返杭，令映霞到富阳原籍亲戚家去寄居，居不到两月，王竟托词生活太苦，跟着许绍棣到金华丽水去同居了。郁达夫因为职务关系，只好仍返福州，虽屡次电促王到福建，王却始终不理。后来郁因外间传说王有行迹不检之处，又见王、许二人过于亲密，心头不能无疑，便促王和他同往武汉。谁知王到了武汉以后，对许仍是藕断丝牵，几乎天天有信去丽水，促许赴汉。到了廿七年夏天，王竟席卷所有，匿居不见，郁没奈何，便在汉口各报上登了警告逃妻王映霞启事。这启事登出后，引起了全国的注意，郁氏的朋友都很代他抱不平，而在许绍棣一方面，因为他是现任官吏，如此有失官方，恐怕难免要遭弹劾，连忙挽人出来调解，情愿使王映霞重归郁达夫，不过要郁在报端登一则道歉启事，以顾全双方颜面。郁达夫因为爱妻重得，便也不咎既往，应允登道歉广告，并且在广告中自承精神失常，侮辱王映霞。郁如此对王，也真可说是委曲求全之至了。

此后郁达夫去汉寿，去福州，及应胡文虎之聘赴南洋，王映霞无不跟随前往。无如夫妻间感情上的裂痕已深，纵使换了个地方，也无法挽回过来，经过一年多的酝酿，到了廿九年三月间，终于爆发而不可收拾。郁达夫先在香港《星岛日报》上刊登和王映霞离异的启事，接着王映霞也在香港《大公报》和上海《申报》上登出痛诋郁达夫的广告，里面竟说：

郁达夫近来思想行动，浪漫腐化，不堪同居，业在星洲无条件协议离婚，脱离夫妻关系。儿子三人，统归郁君教养，此后生活行动，各不干涉，除各执有协议离婚书外，特此奉告海内外诸亲友，恕不一一。

　　综观郁达夫和王映霞仳离的经过，我们觉得郁并没有对不起王，王却实在很对不起郁，而且王在离婚后还要痛诋郁，其行径更令人齿冷。平心而论，郁氏近年来的思想行动，并不怎样浪漫腐化，倒是王映霞的行径，却颇多令人可议之处。"己不正，焉能正人？"对于王诋郁的广告，我们只有作如是观。不过中国女子，大多意志薄弱，虚荣欲旺盛，而又好逸恶劳，这些都是可乘的弱点。一个文人，置身在这商业化、官僚化的社会里，无财无势，要想获得女子的芳心，像旧小说上所说的才子佳人，偕老白头，恐怕是永远无望的了。

　　现在新加坡已告陷落，郁氏的音讯却至今无人知道，大约总不至于有性命之忧罢？遥望南天，我们唯有默祝这才气纵横的诗人无恙。

周楞伽（1911—1992），著名作家、中国古典文学学者、书法家。原名周剑箫，有危月燕、周华严、王易庵等多个笔名。6岁启蒙，先后入私塾、教会学校、私立小学读书。10岁生病耳聋，因病辍学。1927年开始从事文学创作，著有长篇小说《炼狱》《轻烟》《风风雨雨》《幽林》等，短篇小说集《饿人》《旱灾》《小姐们》等，儿童文学《哪吒》《岳云》，历史小说《李师师传奇》，回忆录《伤逝与谈往》。

记田汉[*]

周楞伽

清瘦的脸蛋，凸出的颧骨，头发乱蓬蓬的，时常低着头，带着沉思的模样；两颗眸子炯炯有光，仿佛要射进你的心坎；说起话来若断若续，一面想，一面说，带一些重复；如果你引动了他的话头，他就会滔滔不绝地和你谈论。这就是中国话剧界的开国元勋，表字寿昌的田汉。

我认识田汉，还远在民国十七年南国社在上海公演时代，会见的地方是戏院的后台，同访的人还有两三个爱好戏剧的青年。那时他正很忙碌地在后台指挥着，矫正演员的服装、姿势、表情，还要照顾灯光、道具、布景，所以不能和我们多谈，但

＊田汉（1898—1968），话剧、戏曲及电影剧本作家，《义勇军进行曲》词作者。——编者注。

就从他那简短的谈话里，也已充分显示了他的热情、坦白、诚恳，和他献身于话剧事业的精神。我想，南国剧社的社员以及各剧团的话剧从业员，都那样地拥护他，甚至称他为田老大而不名，绝不是无因的吧。

田汉在文坛上的历史已经很悠久了，"五四运动"时代，他就已是文坛上很活跃的一人，和沈雁冰、郁达夫、郭鼎堂①等齐名。当时他是两个团体的会员：一个是少年中国学会，还有一个是创造社。少年中国学会的宗旨是"本科学的精神为社会活动以创造少年中国"，社员除田汉外，还有王光祈、左舜生、曾琦、易家钺等，后来都成为国家主义派，但也有左翼文化运动的健将恽代英、郑伯奇等，出版的刊物有《少年中国月刊》，田汉的处女剧作《环珴璘与蔷薇》就发表在这上面。这刊物创刊于民国八年，仅出两卷，即告停刊。停刊的原因是由于社员思想的分化，左右两派各不相容。民国十年在南京开会讨论主义问题时争持得非常激烈，当时到会的人各持一说，有的主张要主义，有的主张不要主义，结果是不但把刊物停办，甚至连整个团体也因这个纷争而无形地解散了。

田汉同时又是创造社的发起人之一，《创造季刊》第一、二期中曾载有他的独幕剧《咖啡店的一夜》和《午饭之前》，可是到《创造季刊》出到第四期时，他却因为和成仿吾发生了意见而退出了。他加入创造社时，还是在东京留学的时期，那时

---

① 即郭沫若（1892—1978），原名郭开贞，字鼎堂。——编者注。

他的情人后来成为他夫人的易漱瑜也在东京女高师读书，田汉早晚总要挟着一本英文本的易卜生所著的《娜拉》，跑到易女士的宿舍里来，教她读英文，两人情好甚笃。当时女作家白薇也在东京女高师读书，不过她所学的是理科，整天只知道埋头从事于爬虫走兽等的实验，对于文学还是一个门外汉，虽然她的性情已经比较喜欢接近文艺，却苦于没有一个人给她做理论上的指导。由于易漱瑜的介绍，白薇于是也就认识了田汉，田汉给了她许多文学书籍看，其中尤以易卜生的剧本居多，因为在新文学运动初期，易卜生的问题剧是风行一时的，这就使白薇女士的兴趣逐渐转向到文艺方面来，对田汉也非常接近，常常到田汉的宿舍里去玩，或者一道到公园去散步；不过每次出外的时候，田汉总要喊易漱瑜在一起，借以避嫌，因为那时田汉非常醉心于易女士，对白薇就不免有些落花有意，流水无情。白薇也知道田汉不会爱她，所以在她给田汉的信里，总是称田汉作"老师"或者"先生"。

不久，田汉就和易漱瑜结了婚，一同返国，出版《南国半月刊》，宣称要在沉闷的中国新文坛鼓动一种清新芳烈的艺术气，并且慕英国大诗人威廉·勃莱克①的所为，不愿意把杂志托给书商，就决定自己出钱印刷，自己校对，自己折叠，自己发行。这刊物除了发表他自己的创作剧本《获虎之夜》和他的妻易漱瑜的作品外，并录登他和他的朋友郁达夫、宗白华、郭鼎

---

① 今译威廉·布莱克，英国浪漫主义诗人、画家。——编者注。

堂的通信，就是后来收入《三叶集》里的；从第二期起又附刊《南国新闻》，注重戏剧、电影以及出版物的批评。这样繁重的工作，仅由他和他的妻两人艰苦支撑，终不免要弄得心力交瘁，易女士身体较弱，终于累得病倒了，而《南国半月刊》也就宣告寿终。

到了民国十二年，易女士的病势愈来愈重，田汉不得已，只好送她到湖南长沙原籍去养疴，谁知回到湖南不满三月，易女士就玉殒香销。田汉骤失爱妻，奉倩神伤，心里悲哀到了极点，便终日借酒浇愁，沉湎在曲蘖中间；后来接受了故乡一部分朋友的劝解，才到长沙第一师范学校去教国文，借资排遣，当时和他在一起同事的教员有赵景深、汪馥泉、王鲁彦、叶鼎洛等，并且还同办了一个文艺刊物《潇湘绿波》。但不久他便又弃之它去，和叶鼎洛一同回到了上海。

这时就是田汉开始致力于中国的话剧运动的时代了。他在这时期创作剧本方面的收获，有所谓"三黄史剧"。三黄者，即黄花岗、黄鹤楼、黄歇浦是也。黄花岗是写辛亥三月廿九日广州起义的历史剧，当时他的老友曾琦、左舜生等正在办《醒狮周报》，田汉便在那里面附出了个《南国特刊》，黄花岗的第一幕就发表在《醒狮周报》的《南国特刊》上，但剧本还未登完，《醒狮周报》本身的国家主义派倾向已经表显于世，《南国特刊》也不得不因此戛然中止出版了。

民国十四年间，上海的艺术大学是知名于世的，田汉因黎锦晖之邀而主持上海艺术大学的文科，常常在校中的礼堂举行文艺谈话会，参加者有画家徐悲鸿，诗人徐志摩、郁达夫，戏剧家欧阳予倩、余上沅、朱穰丞、王泊生夫妇，以及旧剧界有新思想的麒麟童、高百岁等，并且开了一礼拜的艺术鱼龙会，演过《父归》《未完成之杰作》《生之意志》《江村小景》《画家与其妹妹》《苏州夜话》《名优之死》七个剧本。这七个剧本，除了前面两个是翻译外，后面五个都是田汉的创作。

艺术大学结束以后，田汉又再接再厉地创办南国艺术学院，自己主持文学系，而聘徐悲鸿担任西画，欧阳予倩担任戏剧，办事人则全由艺术大学跟来的学生充任，其中以陈凝秋、陈明中、陈征鸿及唐叔明女士等最为出力。除了在校内设立人体画室、实验小剧场以外，并出版《南国月刊》，以及组织旅行团，赴杭公演。直到民国十七年夏天，南国艺术学院以种种原因停顿，而学生却仍相依不去，而且当时的环境比较适宜于做戏剧运动，于是田汉便正式成立南国社，分为文学、绘画、音乐、戏剧、电影五部，明定宗旨为"团结能与时代共痛痒之有为的青年，做艺术上之革命运动"。南国社虽是这样一个范围广大的艺术团体，但因只有戏剧运动比较为社会所注目，所以社会上也只知道南国社是一个戏剧团体，而不及其他。

南国社在成立的初期，处境是很困难的，洪深在《南国社与田汉先生》一文中说：

我们有五重困难，我们缺乏五样要紧的东西：一、没有剧本；二、没有演员；三、没有金钱：四、没有剧场；

五、没有观众。幸而田汉是个跌不怕、打不怕、骂不怕、穷不怕的硬汉。没有剧本么？他自己来创作，自己来翻译。没有演员么？寻几个同志，组织一个南国社，刻苦地练习起来。没有金钱么？索性不希望国家的津贴、有钱人的资助，自己负了债来穷干。没有剧场么？先寻一个小剧场，或者借人家的剧场。观众不来么？我们自己走到观众那里去，拿出些东西给他们看看，再对他们说，还有比这个更好的东西藏在家里呢，慢慢地引起观众走入我们的门里来。那爬楼梯跌了一跤，躺在地上哭的人，是没有出息的；那熬着痛，硬着头皮，勉强笑着，立起身来再爬的人，总有一天会爬到顶上的。

从洪深的话里，我们也可以看出南国社当初缔造的艰难，以及田汉不畏艰苦努力奋斗的一斑了。

至于南国社的戏剧运动所代表的倾向，则也受了时代的影响，渐渐地脱离了个人主义的、浪漫的、颓废的歧途，而转变到民众的、写实的一方面去。田汉在《公演之前》一文里说：

在现在而言戏剧，何待说是应该替民众喊叫的……南国社的社员们……愿意始终站在被压迫的民众的地位喊叫，这是无疑的。因为他们始终是受着压迫的。他们的生活就是一种"惨苦的重担"。在这重担下的，以艺术的倾向结合起来，自然不会把艺术来消闲，来歌舞升平的。他们将使它成为一种运动，以促进新时代的实现，他们将和欧战中的兵士似的在炮力的压迫之下一步一步地进军。……这些剧本里面许仍有替我自己喊叫的地方罢，但替自己喊叫也并不坏，深的自己喊叫，就达到"世界苦"的源头。这些剧本里面的词儿，许有些人以为太深了些罢，动作许以为太不中国式了罢，但真的民众戏剧，并不是戏剧之凡俗化的意义，新的戏剧得为新时代的民众制造语言与新的生活方式……

南国社的公演可以分为两期：第一期是民国十七年十二月的第一次上海公演以及民国十八年一月的南京公演，演出的剧目有《古潭里的声音》《苏州夜话》《生之意志》《湖上的悲剧》《名优之死》《颤栗》等，差不多全是田汉个人的创作。第二期是民国十八年七月的南京公演以及同年八月的上海公演，演出的剧目有《古潭里的声音》《南归》《第五号病室》《火之跳舞》《孙中山之死》以及翻译剧《莎乐美》《强盗》等。后来又在无锡做了一次公演，除了前面几个很熟的戏外，并加入了田汉的一个新作《一致》。这前后两期的公演，使得京沪道上充满了戏剧空气，而南国社也就更为社会所注目，更受爱好话剧的青年的欢迎。

南国社所造就的人才是不在少数的，唐槐秋、孙师毅、陈凝秋、左明、顾梦鹤、万籁天、金焰等，许多后来话剧界、电影界里知名的人物，在初期戏剧运动里，差不多都是和田汉同甘苦的老同志。其中特别值得一提的，是演《莎乐美》成名的俞姗女士，她的容貌既美，表现又生动，博得外界极大的好评，因此有人造了个谣言，说是田汉在追求她。这谣言的起来也不是无因的，因为田汉那时正是个丧了妻室的单身汉，而他以南国社社长的地位，和演员自然比较接近。于是一般喜欢无事生非的人便瞎造起谣言来了，这对于田汉虽然没有什么损失，在俞女士却因为人言可畏，不得已退出了南国社。一般人对于俞姗的批评，仿佛是戏剧界里的一颗彗星，有"其来何迟其去何速"之感，事实上俞姗的退出话剧界也实在是很可惜的，因为隔了不久话剧就和电影携起手来，当初南国社的人物，莫不在电影界里崭露头角，俞姗若在，是不难和胡蝶、阮玲玉争一日之长的。

民国十九年的上海，是左翼文坛得势的时期，南国社当然不免要和左翼发生关系，所以在左翼作家联盟成立的时期，田汉也被选为执委，他并在《南国月刊》二卷一期内写了一篇《我们的自己批判》，洋洋十余万言，一本刊物内只登了他这一篇文章，可说开杂志界的新纪元。接着他又和艺术剧社等戏剧团体做联合公演，演出许多含有宣传性质的剧本，轰轰烈烈的，着实热闹过一时。可是毕竟因为闹得太厉害了，引起了压力，结果艺术剧社被封，南国社社员也避祸星散，只剩下田汉一个人，号召不起来，此后他就转入了蛰伏时期，一方面埋头写他的剧本，一方面开始做进入电影界的准备。

从此南国社就成为历史上的名词，而田汉也就成为剧影双栖的人物了。他在这一时期，除了写过《暴风雨中的七个女性》

《乱钟》《梅雨》《战友》《一九三二年月光曲》等适合时代背景的戏剧外，还曾以陈瑜的笔名，写了不少具有新的思想意识的电影剧本，如《三个摩登女性》《母性之光》等，把死气沉沉的中国电影界引出了神怪武侠的歧途，开辟了一条崭新的路径。此后以新的思想意识为题材的影片不断地出现，同时影坛上也出现了不少新人，这差不多都是出于田汉的功劳。

现在大家都知道的电影皇帝金焰，当他在南国社公演时代，还是个不重要的角色，仅在《莎乐美》里饰叙利亚少年一角，在电影界里更是毫无地位，不过是一个做做活动背景的无名小卒，一个月拿十多元钱，生活非常清苦。可是田汉却巨眼识人，早已看出他是会有前途的，常常地周济他。周济穷朋友固然是田汉的一种慷慨的本性，不过他对金焰却是另眼相看的。果然不出他的预料，金焰进了联华公司以后，接连主演了几部新的题材的影片，声誉鹊起，光芒万丈，在男明星中获得了最崇高的电影皇帝的地位，所以金焰对田汉的知遇之感，是不消说的。

《三个摩登女性》和《母性之光》的出演，使中国电影界的风气为之一变，田汉在电影编剧界里固然成为一时领袖人物，但同时也引起当局的注意，认为电影是一种民众教育的工具，不能听凭田汉他们散播左翼思想的种子，于是田汉便在民国廿二年冬间继丁玲之后而被捕解京了。他在南京所受的待遇，也和丁玲一样，起初是监禁在狱中，颇受优待，后来释放了出来，却隐示羁縻，不许他们离开南京。田汉很觉苦闷，便又借酒浇愁，终日杯不离手。当局对他却也另眼相看，甚至把他的母妻都接入京中，令他团聚，田汉的愁思才为之稍杀，索性过起放纵不羁的颓废生活来，开琴罇会，捧秦淮歌女王熙春，一面又和京中的戏剧文艺界往来，筹备公演，一时南京的艺术空气非常浓厚。在此时期，他除了把托尔斯泰的小说《复活》改编为舞台剧外，又写了个新剧本《回春之曲》。

《回春之曲》最初是在上海上演的，由金焰、王人美夫妇主演，成绩很好。田汉当时正和洪深在南京筹办舞台协会，也预备上演《回春之曲》等几个剧本，便函邀金焰、王人美夫妇到南京去参加演出。在田汉之意，以为以他过去和金焰在南国社时代的关系，金焰是绝不会不答应的，所以抱着有把握的希望，谁知金焰却回了他一封信，托故不能到南京去，这真出于田汉的意料之外，田汉很是气愤，因此就与金焰不通音问，可是金焰却还不知道田汉在生他的气。后来田汉和马彦祥所主持的中国戏剧学会在南京公演时，金焰也恰好到南京去打猎，便中特地到世界戏院的后台去拜望田汉，田汉见金焰到来，起初是视若无睹，并不招呼，直到金焰向他躬身问好时，他才迟迟地问金焰来此何干？接着在感情冲动下，很不客气地对金焰说了不少冷嘲热讽的话。金焰被他数说得面红耳赤，啼笑皆非，不过他是个有城府的人，当时对田汉还是唯唯听命，从此他两人的交谊就告中断了。

战事起后，田汉往来京沪两地，主持戏剧宣传，非常努力，后来又回到长沙原籍，主编一张小型的日报。现在有人说他在贵阳，又有人说他在重庆，众说纷纭，倒有些莫衷一是呢。

周楞伽（1911—1992），著名作家、中国古典文学学者、书法家。原名周剑箫，有危月燕、周华严、王易庵等多个笔名。6 岁启蒙，先后入私塾、教会学校、私立小学读书。10 岁生病耳聋，因病辍学。1927 年开始从事文学创作，著有长篇小说《炼狱》《轻烟》《凤凤雨雨》《幽林》等，短篇小说集《饿人》《旱灾》《小姐们》等，儿童文学《哪吒》《岳云》，历史小说《李师师传奇》，回忆录《伤逝与谈往》。

记洪深*

周楞伽

　　大家都知道洪深是大名鼎鼎的留美戏剧家，大家又都在不久以前津津有味地谈着洪深的自杀，却很少有人知道洪深的历史。一般人对于洪深的概念，大抵只是一个身材魁梧的胖子，有着过人的精力，能在一年内完成十来个电影剧本，如此而已。

　　洪深是江苏武进人，提起他的父亲来，倒也大大地有名，不过这名不是留芳，而是遗臭的。原来他的父亲就是刺宋教仁案的主犯洪述祖，以一位刺杀革命伟人的凶手，竟会生出这样一位好儿子来，使人对遗传优生一类的学说不能不表示怀疑，但在洪深一方面，却可以说是善于干父之蛊的了。

---

*洪深（1894—1955），学名洪达，字伯骏，号潜斋，别号浅哉，中国电影戏剧理论家、剧作家、导演。——编者注。

　　洪深出国的时期很早，他在清华理学院毕业后，就放洋赴美了。当时留美学生以学实科的居多，一般人的心理，总以为中国将来需要建设，一定少不了技术和实用工业方面的人才，所以洪深初跑到美，进美国哈佛大学时，也是学工业的。后来据说是受了一种很大的刺激，就不管当时的人们如何地轻视戏剧，毅然决然地放弃了工业的学习，改投在美国的大戏剧家拜克的门下了。这事使他家乡一部分守旧的长辈颇为不满，甚至讥他为没出息。谁知后来连年内战，当初留美学实科的人回国后都英雄无用武之地，反而让学戏剧的洪深出足了风头，这也可说是意想不到的事呢。

　　不过洪深初上文坛，也并不是一帆风顺的，他虽是个留美戏剧家，而且在哈佛大学得了硕士的头衔，但在崇拜偶像主义的文坛上，没有造成相当的名望以前，要发表文章也并非易事。当时文化界的权威刊物是商务印书馆所出的《东方杂志》，许多文人学者都在上面发表作品，洪深见猎心喜，也投了一篇稿子去，谁知结果竟被原封不动地退了回来，大概编者因为他的姓名不见经传，还当他是什么无名小卒吧。可是洪深却并不灰心，又再接再厉地写了个电影剧本《申屠氏》寄去，这一篇稿子寄出以后，索性好像石沉大海，大约是被幽禁在商务印书馆编译所里受无期徒刑了。直到后来洪深组织了戏剧协社，屡次举行公演，又常常和当时的名流学者往来，名气渐渐地大了起来，《东方杂志》的编者才从旧稿堆中把他这部作品拣出来发表，可是这种锦上添花的举动，对于出了名的洪深，已经没有多大用处了。

现在的四十岁左右的人，在新旧过渡时代里，都是深受过婚姻不自由的苦痛的，洪深也是这中间的一个。他先后曾结过两次婚，前妻死后又续弦，但这两次婚姻都是由父母之命媒妁之言订定的，并不是他自己选择的对象，所以都不能使他满意。他现在的太太名叫常清贞，是一个大家闺女，生长在官宦人家，从小就在父母的钟爱中长成，过惯了千金小姐的生活，对于官场里的坏习气，也无形地吸收了不少。女子多数是物质主义的崇拜者，尤其是虚荣两个字，更是一般女性的通病，古来虽然有许多佳人爱上了才子，甘心同受困苦，然而这仅是小说故事中的情节而已，事实上是很少有的，特别是资本主义的现代社会里，一般女性所希望的是有钱有势，生活享受舒适，住洋房，坐汽车。洪深的太太也就是这样一种人，什么吟风弄月，夫唱妇随，一切文人学士所目为精神上崇高的情味，老实说，她是毫不感觉兴趣的。据说洪深的太太有一位堂房姊妹，比她早嫁一个月，丈夫任了知县，新娘一出花轿，就被人恭维作官太太，相形之下，她嫁的是一个文人，离开做官的路程太远，这当然不免要使她的内心感觉非常失望，甚至对洪深表示鄙夷。虽然洪深那时已经出了名，而且他的头衔也已不少了，历任上海大夏大学戏剧教授、国立暨南大学外国语文学系华主任、复旦大学英文文学及戏曲教授、上海学技研究所所长、天津大陆银行秘书长，在电影界里则是上海明星影片公司的导演，然而没有用，他的太太总是看不起他。

一个女子不安宁起来，家庭当然不会快乐的，何况他们的结合完全由于父母的支配，根本谈不到什么双方的自由意志，两人间既没有好感，也根本没有情爱，这样的家庭当然是不会幸福的。洪深又是个脾气爽直的人，不会钻营，做不起官来，洋房、汽车，永远只好付诸梦想，不能满足他太太的愿望，因此他们夫妻间永远没有快乐的日子。本来，像这样的婚姻是大可不必勉强下去的，无如他的太太又是个旧式女子，认为离婚是不名誉的事体，绝对不肯，这就陷入了一个僵局。洪深常常紧皱着眉头，对他的朋友说，他劳碌半生，只是为太太做牛马，赚到的钱都交给太太，而太太还不见他的情。语气非常消极。看起来他去年的自杀，虽然一大半是受着经济的压迫，恐怕也未尝没有精神上的痛苦刺激着他，驱使他去这样做呢。

洪深的为人是很热情的，而且敢说敢做，不畏强御，这可以从民国十九年春间大光明映罗克《不怕死》一片时他的仗义执言一事上看将出来。那时的大光明影戏院，在派克路转角上，较现在的大光明略为偏向东一些，规模很大，建筑也很摩登，和现在的大光明一样，是上海的第一轮影戏院。有一次和四川路桥堍的光陆大戏院同时映演一张罗克主演的《不怕死》新片，在报上大举鼓吹，卖座很盛，居然场场客满。洪深也被报上的广告所吸引，便乘着星期休沐之暇，前去观光了一次。不料不看还可，一看之下，却使他义愤填膺，原来这张《不怕死》影片却是以侮辱我们中国人为主题，那里面映演出来的唐人街上的华人，不是吸食鸦片，就是偷窃物件，或者贩卖人口，丑态百出，仿佛中国人都是不法的匪徒，而唐人街则是罪恶的渊薮，号称"不怕死"的罗克，则以一种侠客的姿态出现，把这些作恶的华人一一打死。这样一张辱华影片，只要是稍有血气的人，看了心里都不免要觉得不自在，何况是具有热烈的情感的洪深，当然更加要觉得怒不可遏了。于是便在休息的时间里，跃登台上去，慷慨激昂地演说了一番，指出这张片子辱华的地方，怂恿大家向戏院退票，表示不愿意花钱受辱。观众本来就已对这张片子暗暗抱着反感，这时被洪深一语提醒，立刻大家都一哄而起，争向售票处退票，院里的秩序登时大乱。戏院的执事人见洪深还在台上演说，也不知道他是谁，只认定他是罪魁祸首，仗着外人的势力，跳上台去，举拳便打，把洪深的眼镜打碎，衣服也扯破了一大块，洪深拼命夺出重围，在戏院外面叫了巡捕，和动手的戏院执事同到捕房里去。当时有一大群热血青年同情洪深的举动，自动跟他到捕房里，为他作证，捕房里对这一类争执，照例是不会有什么举动的，不是做和事老，就是把双方都训斥一顿了事。可是洪深却不肯甘休，请了律师向法院控告，以刑事罪起诉动手的戏院执事，并要求把两张《不怕死》影片的拷贝完全焚毁，还要罗克向我华人道歉，否则全中国各戏院一律拒演罗克主演的影片。这个消息传了出去，舆论方面因为洪深力争国体，值得同情，都倾向在他这一方面，各报的本埠新闻栏里几乎把这一件案子占据了大半篇幅，上海有名的律师自愿代洪深做义务辩护的多至一二十位，各影片公司也都愿意捐助巨款代充讼费。到了开审那天，旁听席上拥挤不堪，洪深的口才本来不错，在庭上滔滔汩汩地说个不歇，理由很是充足，所以结果戏院执事的罪名终于宣告成立，负赔偿道歉之责，一般同情洪深的热血青年犹觉心有不甘，故意和大光明、光陆两家戏院捣乱，有的用保安剃刀片在黑暗中把坐垫的皮面割破，有的买了广东爆竹，带入场中燃放，有的把阿母尼亚①汁洒在场内，弄得奇臭不可向迩，观众都纷纷掩鼻而走。这样一来，戏院的营业大受影响，门可罗雀，不得已只好都暂停营业，等过了一时，舆情渐渐地冷落了下去，才敢重整旗鼓。至于洪深的其他两个要求，焚毁《不怕死》影片拷贝部分，结果虽没有实现，但要求罗克向我华人道歉部分，却因观众都挟着《不怕死》案的余愤，对于罗克《不怕死》以后主演的新片，一律拒看，一时罗克的影片在东方几乎毫无出路，罗克深知我华人众怒难犯，只好引咎自责，从美国写了道歉信寄到中国来，并在纽约报纸上刊登向我国人道歉的广告，一场巨大的风波才告结束。洪深的名望本来已经很大，这事以后，更加声誉鹊起，甚至有人把"洪深"和"不怕死"两个名词连缀在一起，称他为"不怕死洪深"，可是洪深却把这事看得很平凡，好像是他应做的分内事一样，绝无骄矜之态。

在"不怕死"案发生的时候，洪深已经在教书以外，兼任上海明星影片公司的导演了。其实他正式加入电影界的时期比

———————

① 今译氨（Ammonia），一种有强烈刺激气味的化学物质，极易溶于水。——编者注。

这还要早，当国产电影还在萌芽时代，他就已经在写电影剧本《申屠氏》，这可见他对电影事业的兴趣。他加入明星影片公司是在民国十三年，那时正是一般人对电影事业感觉莫大兴趣的时期，大大小小的电影公司在上海开了不下数十家，但出品多半很幼稚，甚至有开了公司而毫无出品的。在这许多家电影公司之中，要以明星影片公司为个中之巨擘。洪深加入明星影片公司以后，自编自导的第一部影片名叫《冯大少爷》，他还曾在这部影片中亲自参加演出，可是结果并不怎样良好，他自己也承认这部初期的处女作影片是失败了的。

洪深和田汉两人在戏剧和电影界的功绩可说是相等的，但也有一些不同的地方。如若说田汉是以戏剧为正业而以电影为副业的，则洪深恰好和他相反，是以电影为正业而以戏剧为副业。谁都知道，田汉曾写了不少的戏剧，而他的电影剧本却只有不多几个；洪深呢，他所写的戏剧虽也有《赵阎王》《五奎桥》《香稻米》《青龙潭》等好几种，但远不如他所写的电影剧本那样多。在他创作精力最旺盛的时候，曾经在一天里写成了好几部电影剧本的大纲，一年内完成十来部电影剧本。可惜他的产量虽然丰富，成就却总不能和田汉相提并论。田汉的电影剧本虽然写得少，却是每一部都轰动了全社会的，洪深却没有那样的幸运，他的电影剧本虽然写得多，却都不能轰动社会，只和普通一般影片一样，演过就完了，不能在人们头脑里留下更深的痕迹。这大概和剧本的取材也有关系，田汉所抓取的对象是具有新的思想意识的进步青年，洪深抓取的对象却是尚未脱离封建意识支配的旧家庭中的人物和妇女。如若说田汉是急进的，则洪深可说是缓进的，他的思想只是一种改良主义的思想，这就使得他所写的电影剧本不能像田汉那样的轰动一时，正如新文学运动的倡导者是胡适，而成就最大的却是鲁迅一样，洪深是国产电影的开国元勋，但他的成就却总不能不逊色于田汉。

洪深不但努力于电影事业，就是对电影批评的建设也是很重视的，中国之有影评人这一名词，恐怕是由洪深所创始，而最好的电影批评也首先出于洪深的笔下。当民国廿一二年间，上海的电影事业虽已非常发达，中外新片时有放映，影迷也日见其多，但正式的批评电影的刊物却一张都没有，洪深便和明星影片公司的同事姚苏凤在新出版的《晨报》上辟了一张《每日电影》的副刊，很认真地做起电影批评的工作来。但他毕竟是个直肠人，不知道社会的诡谲，结果是姚苏凤借他做踏脚石而登龙，而他自己却反被逐出了《每日电影》。为了要出出这口恶气，他便和另一位也是被《每日电影》逐出的影评人张常人和现代书局接洽好了，由他们主编一个《一周间》周刊，以与《每日电影》对抗。可是姚苏凤是有当时的上海教育局长潘公展为他抱腰的，《一周间》仅出了六期，突然一道命令下来，竟被禁止出版了。洪深这一气非同小可，竟气出了一场病来，恰好青岛山东大学慕他的名，聘他去当教授，他也想移地养疴，于是便接受了聘书，乘海轮到青岛教书去了。

洪深在青岛教了两年左右的书，那时在青岛的作家有老舍、臧克家等人，常常往来，倒也不大寂寞。青岛毕竟是宜于疗养的所在，洪深在那边住了两年，不但病魔为之退避三舍，而且身体也一天比一天强壮了。他久静思动，又想和上海的一批老朋友会会面，且因上海各影片公司如明星、天一等连电促返，于是便决计辞职返沪。那时正是上海文化界的形势极为蓬勃，国防文学的讨论更是盛极一时，洪深便和沈起予合办了个《光明》半月刊，托生活书店代理发行，不过他实际上只是挂名，并不亲理编务，所以仍旧有很多时间来为各影片公司编写剧本，且因烦厌恶上海喧嚣，索性住到苏州去静心写作。他在苏州是住在平江路他妹妹家里，他所钟爱的一个小女儿洪钤在他未去苏以前早已住在那里，有她在膝前承欢，精神上倒也相当愉快。他和他的太太本来不甚相得，所以极少写家信，有时写信给家里，字数也是极少的，往往只有一行，真是奇怪极了。当时我也住在苏州，曾去拜访过他一次，知道他的生活极有规律，每天都是清晨起来写作的，因为下午太热，晚上又有蚊子的缘故。大约每隔一个星期，到上海来一次，理理私事，和导演们谈谈剧本上的问题。

在民国廿五年这一年内，他总共代明星、天一两公司编成九个电影剧本，这在专任的职业编剧家恐怕还没有这样的写作能力，而洪深仆仆于苏沪道上，一方面要为上海各报章杂志写稿，一方面还要摒挡私事，交际酬酢，却还有如此巨大的产量，从这一点上，也可说得他精力的过人了。他的电影剧本的代价是每个五百元，九个成本就有四千五百元的收入，四千五百元在现在固然算不得什么，但在生活程度很低的那时，却不能不说是一笔巨数了。可是洪深个人的经济状况仍旧不大好，大概他所赚得的钱都已交给了他太太去支配，所以弄得他自己反而没有钱用了。记得在中国文艺家协会开成立大会的那天，他连一元钱的茶点费都交不出来，只好问傅东华借，那时我正坐在他对面，忍不住看了他一眼，倒害得他面红耳赤，很难为情似的呢。

　　也许就是为了经济的关系，所以这年的秋天，他又离开上海，到广州中山大学去担任戏剧学教授了。他在中山大学担任的是英文系四年级的必修科程"戏剧学与舞台的技术"，普通授课的地点大都是在教室里，洪深却例外地移到了餐堂里去举行。因为这一科的主要节目是表演的基本动作，他嫌教室太狭小，不适宜于施展，便破天荒地移到了餐堂里。但餐堂里白天是要吃饭的，不得已又把时间改为晚上七点至九点，每星期一、三、五各教一次。每次上课的时候，别级学生因为这时没有功课，往往也麇集在餐堂里旁听。因为洪深的教授法很能适合学生的心理，时常很滑稽地装腔作势，做种种表演，使学生们颇感兴趣。同时他又在中大文学院的中文系担任了"戏剧编写法"的一科，选这科的学生有一百人左右，起初他叫每个学生写一个剧本，一个剧本的字数常在四五千字以上，一百个学生的剧本全得由他批改，且须把每个学生作品的优劣点指示出来，这在时间上是颇成问题的。后来他利用了当时文坛上正很流行的集体创作的办法，叫每五个学生合写一个剧本，这在批改卷子方面果然省力了许多，但还是常常要把他弄到天亮才得就寝。此外，广州乡村实验区组织的戏剧研究会也聘请他当顾问，他也给予他们不少的助力。他在广州的声名之盛不亚于上海，使得当地原有的一部分戏剧作家如胡春冰等很感威胁，暗中倾轧排挤，不遗余力，但洪深却淡然处之，不屑和他们计较。

民国廿六年夏天，洪深又从广州回到了上海，那时"七七"事变已经发生，火药气味业已弥漫全国，不久大战正式爆发，戏剧电影界的一部分人物便组织演剧宣传队，出发各地宣传，洪深所领导的是第二队，这是由四十年代剧社所改组的，里面重要人物有金山、王莹等。说起金山和王莹来，他们和洪深之间据说还曾闹过一场三角关系，洪深在某一时期对王莹确有追求的意思，他所导演的《铁板红泪录》就是由王莹主演的，甚至在王莹面前还曾透露过一些口风。不过在四十年代剧社的时候，王莹和金山的关系已经很好，外间并说他们已经实行同居了，洪深要想拆散他们的关系当然不成功，就是想插进他们中间去也不可能。因此演剧宣传队第二队出发后，洪深和金山间闹得很厉害，大有冰炭不相容之概。他们出发的目的地是沿江西上，再到陇海路一带去活动了，到武汉以后，住在精武体育会里。洪深这时对王莹大概已感觉失望了罢，索性聘了个女秘书颜一烟小姐，算是对王莹示威，一面筹备公演他的新作《飞将军》。不久他受了政治部之聘，金山也带了王莹到河南去演戏，借以避免洪深的追求，戏剧宣传队第二队就这样无形地解散了。

现在再说洪深的自杀。洪深自武汉陷落后就到重庆，并遣人把他的妻女也接了去。他在重庆任职于文化工作委员会，并兼文艺奖助金保管委员会委员，但仍旧很郁郁不得志。有一次政治部招待文化界的大宴会上，洪深拼命地酗酒，当时他的朋友们已经都感觉他多少有些失去了常态，神经似乎受刺激很深，但还不知道是什么事情使他感受刺激的，后来才知道是为了他的小女儿洪铃小姐的病。

前面已经说过，洪铃是洪深最钟爱的女儿，偏偏她小小年纪就已患了不治痼疾，肺病已经入了第三期，病情很是沉重，而医药费又昂贵得很，洪深素无积蓄，每月收入仅足勉强维持生活，哪里负担得起。为了女儿的病，他在外面已经举借了二千元的债，其间并向文艺奖助金保管委员会贷借一千元，但后来因一部分人颇有微词，会中遂议决委员会不得贷借，洪深身为委员，只好首先把所借的一千元归还，因此他的生活遂更陷入困境。为了增加收入起见，他遂应迁到了广东曲江砰石的广州中山大学文学系之聘，月薪三百元，并预支了六个月薪水，打算在民国三十年三月间去粤就职。在他未去粤以前，他本想多写文稿，偿还债务，但心绪异常恶劣，往往举笔不能着一字，自杀前五六天，他曾对他的朋友说："我现在只好无聊地玩，吸烟，喝酒！"又说："我简直一个字也写不出来！"洪太太常清贞女士为了生活困难，只好把其余的子女远远地寄托在香港儿童保育院，在自杀以前，她心绪的恶劣也正不亚于洪深。

洪深自杀的日期是民国三十年二月五日，那天清晨，他们夫妇决意自杀，洪深服多量的奎宁丸，洪太太则饮红药水一瓶，并留下绝命书一封，内容如下：

> 一切都没有办法，政治、事业、家庭、衣食住种种，如此将来，不如且归去，我也管不尽许多了！

洪深夫妇服毒后，首先被洪钤小姐发觉，连忙托人打电话给郭沫若，郭氏当即偕同医生赴家赖桥三塘院洪宅探望。到了那边，洪深夫妇已经昏迷不醒，于是便施行紧急疗治，幸亏发觉时间尚早，经注射后，就把所受的毒物吐出，经过短时间的休息，就脱离了危险，不过洪深听觉略差，大约是因为服了过量的奎宁所致。第二天，洪深自杀的消息已经传遍了重庆市，文化工作委员会立即举行会议，当场议决赠送洪深医药费一千元，并决定聘他为政治部设计委员，月薪二百元左右，并拟定具体办法，保障文化人和作家今后生活。但洪深对这一千元赠款却口授友人写信辞谢，全部璧还，并表示友辈捐赠一律谢绝，自谓："生性狷介，否则亦不致有今日。"等到身体复原，他就起程赴粤，去担任广州中山大学文学系主任了。

有人因为洪深谢绝馈赠，而且在他的绝命书中首先提到政治没有办法，就推测他的自杀是为了政治上的原因。这说法当然也有理由，但洪深并不是偏于一党一派的人，他的自杀，正可象征一般文人怀才不遇的悲哀。他有着远大的理想，却处处碰着现实的壁；他想有所作为，却处处都遭摈弃，像他这样富有热烈的感情的人，怎能不伤时吊影，走到消极的自杀的道路上去呢？

洪深自己说："我一生也演了不少喜剧悲剧，就是在矛盾中过活的，我也曾随波逐流地做许多别人都做的事情，我也曾牢牢地抓住自己的主见做人家绝对不肯做的事情。"这几句话，赤裸裸地描绘出了一个壮直汉子的性格。

关于洪深的处世态度，曾有一个朋友对他这样说过："你的行为和你的历史环境是不容分离的，你再强硬一些，你就没有了，你再软弱一些，你也没有了。"这话批评得很中肯，但既不能硬，也不能软，然则所谓洪深也者，岂不是变成牛皮糖了吗？哈哈！

崔士杰（1888—1970），字景三，民国外交官和实业家。山东临淄人。1905 年赴日留学，获东京帝国大学博士学位。1917 年回国，任山东省交涉公署第二科科长。1919 年以"帮办"衔参与接收青岛及胶济铁路主权的中日谈判。1920 年转任陇海铁路徐州办事处处长。1923 年出任上海华丰纱厂经理。著有《中国黄河沿岸之利用》一书；另有《濯沧斋》一、二集，内收录诗歌五百余首。

独脚学者潘光旦*

崔士杰

我认识潘光旦，远在十多年之前，那时他一面编著一种定期刊物，一面替几种杂志写稿，一面又兼着几个大学的教授，忙得他不可开交。往往黎明即起，过了午夜才睡觉。朋友们说他"有兼人的精力"，那是一句很恰当的评语。但老潘（以下仿此）之所以身兼数职，并不是专门为钱——因他的家口并不大——而是为了他人缘太好，朋友们都喜欢拉他帮忙：或写稿或介绍稿子，或教书讲学，或现身说法。而他因为盛情难却，往往接二连三地接受下来。当然呀，财源是亨通了，名誉是一天天地响起来，可是忙坏了老潘的身子，使他不得不把睡眠时

---

*潘光旦（1899—1967），原名光亹，号仲昂，笔名光旦，江苏宝山人（今属上海市），社会学家、优生学家、民族学家。——编者注。

间打上一个折扣。

老潘的精神和体力实在一般人之上，在十年来的忙碌生活中，他从没有生过一次病，不认识他的人以为他"得天独厚"，其实他却是一个高度的残废者——掉了大半段的右腿，其残留部分只及他大腿的一半，其短可想而知。他的腿是因病给医生截去的（有人说他因运动不慎而伤腿，那是不确实的）。那时他在清华肄业，还没有出洋留学，但他的出洋资格却高人一等，因他的学业成绩为全级之冠。据他自述，在他截腿之后，顿觉一切希望全成泡影，毕业是不可能的了（因他卧病经年，旷课甚多），即使能补课毕业，而留学资格却丧失殆尽，因为国家（清华是国立的）绝不肯派一个残废者出国留学，退一步想，即使国家能破格相待，使他有留学的机会，然而学成后的就业问题，恐亦不容易解决吧。

幸而他平日学业成绩甚佳，故清华方面特准他留校补习一年，然后让他以"独脚仙"的资格赴美留学。抵美后，抱着自强不息的精神，为了要打破自身因残废所遭遇的障碍，乃主修优生学，历数年如一日，不但学识大进，且亦渐渐忘却自身的缺点。当他留学时，他所肄业的学校离宿舍甚远，平时往返非借电车不可，且日必数次，他为便利起见，竟不顾一切，拿着两条拐杖，跃登电车，旁人皆为他危，而他却置之泰然。

返国后，就《时事新报》之聘，编该报副刊《学灯》，公余则在几个大学讲学，收入尚佳，他便抛却电车，买了一辆包车，雇了一名健壮的车夫替他拉车。认识他的朋友们往往看见他坐在包车上（两条特制的拐杖搁在车座的两旁），戴上一副不新不旧的近视眼镜，双手捧着几寸厚的洋装书，在热闹的街上拼命地读着，目不旁顾。这种情形给别人看见了，准会引起极大的注意，而他则对于别人的注意完全不放在心上。据他事后告诉人说：他是在准备替一个刊物写一篇书评，已经写了一半，其余半篇还不曾写下一个字，因为他还不曾把原书看完，可是发稿的时间却催他急于交卷，否则第二天便赶不上出版。在这种情形之下，他便充分发挥出他"下笔千言"或"一挥而就"的本领，他把已经写成的半篇先行付排——往往是他亲自送到印刷所里去——然后在印刷所里校阅别人的校样，校后立即送还给排字人，催他们速打二校。当初校已完，二校未来之际，他便抽暇赶写他的"书评"的下半篇，在机声轧轧、人声嘈杂之中，写他评论欧美学者之学术性的文章。他一边翻阅原文，引章据典，一边则走笔疾书，一挥而就，而且随写随排，随排随校，等到排字人把最末第二批校样送来时，他的最末一批的原稿已经写好了。在这样的过程中，他往往能把一篇长约六七千字的长稿赶好排出去，使刊物如期出版。然而却苦了几个替他工作的排字人，他们往往彻夜工作，敢怒而不敢言，但有时也有例外，而老潘则一笑置之。

老潘素有"好好先生"之称的，待人接物非常和蔼，而毫无脾气，但他对于他的本位工作——写作或翻译——却时常发挥十足的文人脾气：高兴的时候，一挥而就，倚马可待；不高兴的时候，搁上一年半载，无啥稀奇，骂他他不管，预先送稿费给他亦不能动他的心。朋友们知道他脾气的，绝不骂他失信用，也从不恶言相报，相反的，他们婉言地对他说出版业的难处，说是广告已经登出，而稿子还未见影踪，那是于他们太为难了……这样的诉说苦衷，往往能打动老潘的心，使他在短时期内迅速地赶稿，夜以继日地开快车。在某一时期内，他因为自己书室中来往的客人太多，不能安心工作，便悄然出外，在某公寓的高楼上借得静室一间，摒除一切，专门写稿或翻译，这样，他便能在一天工作八九小时的努力之下写成万把字的长稿。他这样的速率能继续到四五天，把几万字写成后，休息一二天，再行工作，大约不出两星期，他便能交出一部十万字上下的稿本。他的赶稿的速率可说是惊人的。不过这是几年前的事，现在怎样，可不知道了。

朋友们知道这情形，必然以为老潘的精力是过人的，就不约而同地问他的所以然，他的回答是怪有趣的："譬如一份人家，开支节省的，经济必然充足。我的身上缺了一条腿，在血液的供给上可以省却许多消耗，所以我的精力便特别充足。"人们大多讳言自己身上的缺点，而老潘则毫不介意，且会很幽默地对自己的缺点说俏皮话，于此可见他的雅量实有过人之处。

同老潘交朋友是怪有趣的。他的最显著的特性是他的谦和、坦白和幽默，这一些连初次认识他的人也能感觉到。当他在书室里工作时，无论工作怎样忙，对于走访的人，他从不拒绝，且一见客人（包含他的后辈和学生）进来，便立刻找拐杖，支着身体站起来，虽然这种行动于他是怪不方便的。当后辈的朋友站着不坐，或者东窥西望地翻他室内的藏书，他也非常高兴，而且还肯娓娓细述他得书的经过，历久不倦。

老潘又喜欢请客，与朋友们一同出去，只要到了吃饭的时间，无论人多人少，他总喜欢邀他们到饭馆里，吃一顿有意思的便饭。高兴的时候，或者天气并不太坏，他竟会舍车（包车）而步行，挤在朋友中间边走边谈，忘了路的远近。他所常去的饭馆是"经济而实惠的"，因为"经济"是他所承认的一个要点，原因是文人的收入有限，而客则不能不请，"经济"一些就可以多请几次了；"实惠"也是同样不能忽略的，因为，如果菜的味道不好，或者油腻得令人生厌，或者花样虽好，而分量太少，经不起一班健胃者的一筷一匙，那也不合乎"请客"的条件。记得十年前，四马路中段一个过街楼上开着一家经济饭馆，门面不大，陈设简陋，又须从弄堂里的公共楼梯上进去，然而这家饭馆的菜却烹调得法，颇具川菜味儿，价钱公道，只需口袋里带着五六块钱，就可以请四五位客人去大嚼一顿，去的次数多了，侍者的招待亦特别周到，只要你泡上几壶茶，便可以坐在这里边吃边谈地消磨两小时的时光，等于开一次热闹的文人座谈会。在这所谓"座谈会"中，执着牛耳而谈锋最健的，无疑地要推老潘了。

他的交友，不问辈分的高低，不问年龄的大小，对于若干曾受教于他而为他所器重的学生，他是乐于交接，一点不摆老师的架子。有不懂洋文而思想高超、国学甚佳的，他也乐于引为同调。这些朋友们，是一般人所认为潘光旦"派"的。人们都说他是"新月派"的健将，其实是不确的，他不过在新月书店里出版了几部书，同"新月"的发起人徐志摩并不怎样接近，而另一方面，两人的志趣也完全不同。在老潘平时对人的谈话中，他从不以"新月派"自居。

至他对于胡适，虽有先后同校之谊（胡适也是清华出身的，但比老潘早得多），但两人的兴趣也是完全不同的。胡适喜欢标新立异，出出小风头，玩玩政治；而老潘则是一个不爱出风头的学者，一味埋头研究，新旧兼蓄，而毫不歧视。有人说他守旧，那倒是不容否认的，因为他对于"不孝有三，无后为大"的旧观念，以及由"父母之命，媒妁之言"所促成的旧式婚姻不但不加反对，反从优生学的立场来加意提倡，说得头头是道，因此那些不明白他的思想背景的人往往骂他守旧顽固，不合时代潮流。其实老潘是中国有数的人文生物学者，而且还是他们中间最杰出的一位，他不特精于西洋的优生学，且亦擅长我国的文史，故能冶中西于一炉，发人所未发。他又长于为文，著译甚富，如《人文生物学论丛》《日德民族性之比较研究》《民族特性与民族卫生》《性的教育》《性的道德》及《冯小青的研究》等，其尤著者也。本文既为"印象记"，对于潘氏学术的批评只得从略了。

钱歌川（1903—1990），湖南湘潭人。著名散文家、翻译家和语言学家。1920 年赴日，在东京高等师范学校留学。1930 年任中华书局编辑。1931 年参与主编《新中华》杂志。1936 年自费赴英国伦敦大学研究英美语言文学。1939 年回国后任武汉大学、东吴大学等校教授。1947 年春前往台北创办台湾大学文学院并任院长。钱歌川在中国台湾、新加坡、美国发表了大量的散文和英语教学资料。著有《钱歌川文集》四卷。

纪念王礼锡[*]

钱歌川

礼锡死了。是在二十八年八月二十六日晨以黄疸病死于洛阳的。这噩耗我是在二十八日的黄昏才得到的，因为嘉定本地没有报，我们都是看的重庆报，用航邮寄来，所以过了两天。当时德、苏刚发表互不侵略公约，眼看着世界形势即将大变，每当邮寄班期一到，我们都眼巴巴地等着报看。那天的报来得比较早，我们还没有点灯，大家坐在院子里看。我正集中注意在看国际新闻，琴如在旁忽地叫出来："呀，王礼锡死了！"我不相信，登时抢过那张报来读那段消息。但那报道说得很确实，令人无可怀疑，我们只好地抛开了报纸来默想这物化的故人。

---

* 王礼锡（1901—1939），笔名王伟今，作家、外文家。1939 年作为作家战地访问团团长前往山西抗日前线，因黄疸病发于访问期间病逝。——编者注。

　　一时大家只有轻声叹息，谁也没有想到像礼锡那样一个健壮的人会一下子就死去的。他的死确值得我们痛惜，因而想到人生的脆薄，死的魔手随时随地都可以把我们生命夺去，使我们再无法完成我们的志愿，人生这种注定的悲运也是值得我们叹息的。

　　人类最后这种共同的运命虽可叹息，如果是因衰老而死，也是意料中事，不用特别哀痛；唯有一个人正当有为之年，怀着壮志，未酬而死，确实令人悲伤。所以礼锡之死，闻者莫不哀悼，同时感到我们的责任都重了许多，因为他遗下了未成的壮志，都有待于未死者来完成，不到民族解放成功，我们是无以慰其英灵的。

　　我与王礼锡相识，已经有十余年的历史了。那时我刚从海外归来，借居上海洋场，以卖文为活，而礼锡则正主神州国光社编译所事。国光社原是一个专出版中国艺术书籍的店家，自从礼锡进去以后，大事刷新，不仅大出其新学书，而且都是些带有革命性的。民国十六年的革命高潮虽已过去，他还艰苦奋斗地在那里以高价购买新经济及新文学的稿件，大批地送给全国的青年去读。他主编的《读书杂志》也成为一个学术论战的大本营，每期都是二十万言上下的巨册。

　　美国的辛克莱，那时候杂志上虽已有人提到他的名字，正式的著作第一次介绍于国人的，要算我所译的诗剧《地狱》了。因为我是最初介绍其作品过来的人，又加以我当时和辛氏时有函札往还，所以礼锡就把我认为是辛克莱的研究者。我译了一部分辛克莱作品给他看，他马上要我交国光社出版，并先付了一百元的稿费。他还很诚意地对我说：

"我希望你成为一个中国的辛克莱！"

这一点我是很有负于他的，我不仅未成为辛克莱的信徒，在中国做成一个以文字去宣传的斗士，甚至连辛氏的作品都只译了两部半，而且重要的作品如《屠场》等，都是后来由郭沫若诸人去译成中文的。

礼锡有志献身于革命文学，我在初认识他的时候已充分看出来了。后来他到伦敦，所交游的大多数是一些左翼分子和革命志士。伦敦左翼读书俱乐部的创办人高朗之，原系犹太籍，较一般保守性的英国人完全不同，别人不敢冒险出版的书，他都大胆地收印，所以在英国出版界造成一种特殊的地位，再加之有锣鼓打得最响的拉斯基教授等人做他的台柱，使俱乐部的会员达到四五万人。礼锡固不待言，连我这个平素对于政治少有兴味的人，也名列会员了。礼锡与高朗之过从颇密，因有找礼锡写《现代中国》一书之约，礼锡在伦敦几乎花了一年工夫来对付这书；可惜后来不知为什么发生问题，迟迟至今尚未出版，实在是一件遗憾的事。

礼锡长于旧书，出国前曾出版《市声草》，分赠各友人，以做留别纪念，精装一册，典雅可爱。书中有一部分为风怀之作，专写其与小鹿（陆晶清）恋爱经过，读着令人称羡不置。他对于旧诗确实是用过一番苦工夫的。据他自己说，他曾把《全唐诗》通读过一遍。但他作诗并不落前人的窠臼，只要读他新近在海外出版的《去国草》一卷，便可以看得出来。其中几篇类似古风的长诗，其奔放不羁，运用活文字，实较黄仲则有过之而无不及。他对我说，写旧诗虽不合时宜，但有时亦如大烟鬼的烟瘾发作，辄不禁要写几句。其实这也未免矫枉过正，现在尚在新旧文字的过渡时代，而且新体诗无论在形式上，在文字上，都未能形成一种格式，礼锡以旧皮囊装新酒，形式虽旧得一点，可是内容完全是新的，而且他也曾加了许多白话进去，不正是这过渡时代的一种反映吗？礼锡旧诗中有法西斯，有卐字旗，有红场，有列宁墓，有士多、士丹和的士，岂非新时代的特产？他自己虽尚嫌不够，而我们却已感到他诗文中的政治色彩非常浓厚了。

礼锡出国之初，我正在上海编《新中华》杂志，所以他常有游欧观感寄我，后来我们搜集拢来，又为他出版了《海外杂笔》及《海外二笔》两卷，内容新鲜，文字生动，与从来的欧游印象记两样，博得读者不少赞美。他原定从"杂笔""二笔"一直写到无数笔，可惜后来他忙于政治行动及写《现代中国》一书，简直无暇来写杂文了。

当他在写《海外杂笔》的时候，我正新游北平回沪，在《新中华》上逐期用笔名发表《北平夜话》①，杂志寄到伦敦，首先被他看上，遥遥地从海外写信来问我"味橄"是不是他的熟人，《夜话》生动可喜。我得到了这种鼓励以后，才努力写小

---

① 文中亦简称《夜话》。——编者注。

品文。《北平夜话》既印成了单行本，《詹詹集》也就跟着出版。到我出国赴欧为止，第三卷的《流外集》也就早已问世了。

我赴伦敦既在礼锡之后，所以他便自然地成为我的向导者。我还在巴黎的时候，他就为我在伦敦的西北住宅区租好了房子。记得那天黄昏时，我独自从车站雇了汽车，驰赴寓所，房东太太出来只问我一句话，看我是不是从巴黎来的，便马上叫汽车夫把我的行李搬上楼去，我也就坐原车到上公园路五十号找到了礼锡、小鹿和熊式一夫妇。当夜他们正有一个会，到有陈真如和其他许多人，我这不速之客自然也只好列席旁听，直到夜半才由蒋重哑送我离席归寓。第二天清晨礼锡就来邀我去他家早点，并为我筹办一切居家事宜。

我在国内虽与礼锡早成文字之交，然而当时各人都有职务在身，见面的机会毕竟不多，直到我步尘游欧，比邻而居，加之大家都很闲适，时间自由，所以得以朝夕过从，彼此非常亲密起来。不仅常结伴游览伦敦各处名胜，还曾同游日内瓦。说到游日内瓦，我想起一个笑话来了。我们从伦敦出发之先，原已将车到日内瓦的时间问明白了的，而且大家都记得很清楚，生怕对于这个初去的地方到站不晓得下车。同游者除礼锡、小鹿和我之外，尚有有名的话匣子潘介泉，所以一路说说笑笑，一点也不感着寂寞，不觉已是过午多时了。车子停过许多陌生的地方，大家觉得离目的地远，也无心去留意那些沿途的驿站，只管继续谈话。我则贪看风景，常朝窗口坐着，忽然车子停下来，一看是个很大的车站。我从窗眼里分明看见一块牌子，写着两个洋字，前一个确实是日内瓦，后面一个不认识，我便回头叫起来：

"到日内瓦了！"

他们大家都很镇静，不动声色地看看手腕上的表，礼锡回答说："还没到啊，还差一个钟头呢！"

我说明我已看到车站上的牌子，上面写着日内瓦的字样。"我们都没有看见，"介泉很有自信似的说："即令车站上写有日内瓦的字样，我们也不下车，我们相信表！"

介泉这种主张，当然并不是毫无理由，因为在欧洲，火车出发和到的时间差不多都很准确。至于站名有时也很混乱，常用以指示方向（在日内瓦的街上，路牌上都写得有巴黎等外国地名），或冠以分别站口（如上海南站与上海北站之类），站名前冠有日内瓦字样，当然也不一定准是日内瓦车站。

他们既要相信时间，不肯下车，我也当然只好服从大家。车子停着老是不走，车口忽然闪进一个人来向我们叫道："你们为什么还不下车呢？"一看是日内瓦国际劳工局的包华国，他已驾了一部车子来接我们了。

这时大家才仓皇地收拾细软下车，至于对时间那个疑团，经来接者加以说明后，也就恍然冰释了。原来日内瓦的时间是较伦敦、巴黎的要提早一个钟头呢。

这儿使我记得起了礼锡在一篇文章上引用过的《韩非子》上的一个故事：从前有人在家量好自己的鞋样去买鞋子，走到鞋店里发现自己的鞋样没有带来，如是竟不敢依照自己的脚去买鞋，他的理由是"宁信度也"。

我们这次游日内瓦，分明已到车站，而礼锡他们见时间夫到，竟不肯下车，盖宁信时间也。不幸时间有时也会遭遇意外的变化，犹如度衡之有出入一般，因为这些都是人类所制造，用以测量大自然的绝非大自然本身的法则，我们如认人为事物为至定不移的真理，有时不免要闹笑话了。因为在车站上闹了这个笑话，反而增加了此游的色彩，至今对于那次的游伴印象特深，后来游亚卜斯①的白山，兴致尤异常浓厚。

礼锡以诗人的天赋，遇天下名山大川，无不流连忘返。我也是一个最好游的人，所以常欲与礼锡结伴循陆路东归，俾可遍历中东欧及亚洲各国。但礼锡他们年年说要归国，老是迟迟其行，反而我倒比他们先离开欧洲走了。可是他们毕竟比我先踏上国土，因为我走到新加坡就被友人留住在那里办报，一住就是七个月，礼锡他们乘法国第一号大邮船亚拉米斯回来，经过新加坡时，我们还做了半日的欢聚。谁料从此一别，竟无再见之缘，死别吞声，使无常的人世平地添了一重暗影。

我在二十八年四月回到重庆，满以为可以见到礼锡夫妇，互话离衷，不意我匆匆过渝它往。后来我在綦江东溪镇，在报上读到礼锡被推为作家战地访问团的团长，率领团员十四人赴山西前线，实地视察战地情形，以便回来写成报告给后方的同胞看。他那种勇气和刻苦的精神使我非常佩服，我既因事不能

---

① 今译阿尔卑斯（Alps），耸立在欧洲南部的著名山脉。——编者注。

附骥前往，只得热心地期待着他们早日平安地归来，好给我们一些难得的战地写照。不幸天忌斯文，使礼锡竟未能酬其壮志，中道而死，实在是文艺界的大损失。

礼锡对于文学，是抱的世界主义，不愿为一地方、一国土所局限，而且他是以文字宣传为己任的，所以他写的东西常是政治色彩浓于文学趣味。因此他的交游也非常广，摇笔杆子的文人，固多相识，就是一些善于发通电的政客，亦厚交情。他对朋友，尤其是对于在急难中的朋友，具有解衣推食的美德，无不尽力帮助。他游欧的费用有时大半靠卖稿子，但他甚至有次还写了一篇文章寄回来，要我将那稿费送给在狱中的一个朋友，可见他虽流亡在海外，仍不能忘记在难中的人。所以我相信礼锡的死，在我们单是以文字相交的，固已感到哀悼，对于他另一部分息息相关的朋友一定要更悲痛呢。

1939 年

郑振铎（1898—1958），中国现代著名作家、文学史家。1917年考取北京铁路管理学校高等科官费生。1920年与沈雁冰、叶圣陶等发起成立文学研究会。1921年到商务印书馆编译所工作。1923年起主编《小说月报》。1931年任燕京大学中文系教授。1935年任暨南大学文学院院长兼中文系主任。1945年创办并主编《民主》周刊。著有《插图本中国文学史》《文学大纲》《中国俗文学史》等。

忆六逸先生*

郑振铎

谢六逸先生是我们朋友里面的一个被称为"好人"的人，和耿济之先生一样，从来不见他有疾言厉色的时候。他埋头做事，不说苦、不叹穷、不言劳。凡有朋友们的委托，他无不尽心尽力以赴之。我写《文学大纲》的时候，对于日本文学一部分简直无从下手，便是由他替我写下来的——关于苏联文学的一部分是由瞿秋白先生写的。但他从来不曾向别人提起过。假如没有他的有力的帮忙，那部书是不会完成的。

他很早地便由故乡贵阳到日本留学，在早稻田大学毕业后，就到上海来做事。我们同事了好几年，也曾一同在一个学校里

教过书。我们同住在一处，天天见面，天天同出同入。彼此的心是雪亮的，从来不曾有过芥蒂，也从来不曾有过或轻或重的话语。彼此皆是二十多岁的人——我们是同庚——过着很愉快的生活，各有梦想，各有致力的方向，各有自己的工作在做着。六逸专门研究日本文学和文艺批评。关于日本文学的书，他曾写过三部以上。有系统地介绍日本文学的人，恐怕除他之外，还不曾有过第二个人。他曾发愿要译紫式部的《源氏物语》，我也极力怂恿他做这个大工作。后来不知道为什么他竟没有动笔。

他和其他的从日本留学回来的人，显得落落寡合。他没有丝毫的门户之见。他其实是外圆而内方的。有所不可，便绝不肯退让一步。他喜欢和谈得来的朋友们在一道，披肝沥胆，无所不谈。但遇到了生疏些的人，他便缄口不发一言。

我们那时候学会了喝酒，学会了抽烟。我们常常到小酒馆里去喝酒，喝得醉醺醺的回来。他总是和我们在一道，但他却是滴酒不入的。有一次，我喝了大醉回来，见到天井里的一张藤的躺椅，便倒了下去，沉沉入睡。不知什么时候，被他和地山二人抬到了楼上，代为脱衣盖被。现在，他们二人都已成了故人，我也很少有大醉的时候。想到少年时代的狂浪，能不有"车过腹痛"之感！

我老爱和他开玩笑，他总是笑笑，说道："就算是这样吧！"那可爱的带着贵州腔的官话仿佛到现在还在耳边响着，然而我们却再也听不到他的可爱的声音了！

我们一直同住到我快要结婚的时候，方才因为我的迁居而分开。

那时候，我们那里常来住住的朋友们很多。地山的哥哥敦谷——一位极忠厚而对于艺术极忠心的画家——也住在那儿。滕固从日本回国时，也常在我们这里住。六逸和他们都很合得来。我们都不善于处理日常家务，六逸是负起了经理的责任的。他担任了那些琐屑的事务，毫无怨言，且处理得很有条理。

我的房里乱糟糟的，书乱堆，画乱挂，但他的房里却收拾得井井有条，火炉架上还陈列了石膏像之类的东西。

他开始教书了。他对于学生们很和气，很用心地指导他们，从来不曾显出不耐烦的心境过。他的讲义是很有条理的。写成了，就是一部很好的书。他的《日本文学史》就是以他的讲义为底稿的。他对于学生们的文稿和试卷，也评改得很认真，没有一点马虎。好些喜欢投稿的学生，往往先把稿子给他评改，他却从不迁就他们，从不马虎地给他们及格的分数。他永远是"外圆内方"的。

曾经有一件怪事发生过。他在某大学里做某系的主任，教"小说概论"。过了一二年，有一个荒唐透顶的学生到他家里，求六逸为他写的《小说概论》作一篇序，预备出版。他并没有看书，就写了。后来，那部书出版了，他拿来一看，原来就是他的讲义，差不多一字不易。我们都很生气。但他只是笑笑，不过从此再也不教那门课程了。他虽然是好脾气，对此种欺诈荒唐的行为，自不能不介介于心，他生性忠厚，却从来不曾揭发过。

他教了二十六七年的书，尽心尽责。复旦大学的新闻学系由他主持了很久的时候。在"七七"的举国抗战开始后，他便全家迁到后方去。总有三十年不曾回到他的故乡了，这是第一次的归去。他出来时是一个人，这一次回去，已经是儿女成群的了。那么远迢迢的路，那么艰难困顿的途程，他和他夫人，携带了自十岁到抱在怀里的几个小娃子们走着，那辛苦是不用说的。

自此一别，便成了永别，再也不会见到他了！胜利之后，许多朋友们都由后方归来了，他的夫人也携带了他的孩子们东归了，但他却永远永远地不再归来了！他的最小的一个孩子，现在已经靠十岁了。

记得我们别离的时候，我到他的寓所里去送别。房里家具凌乱地放着，一个孩子还在喂奶，他还是那么从容徐缓地说道："明天就要走了。"然而，我们的眼互相地望着，各有说不出的黯然之感。不料此别便是永别！

他从来没有信给我——仿佛只有过一封信吧，而这信也已抛失了——他知道我的环境的情形，也知道我行踪不定，所以不便来信，但每封给上海友人的信，给调孚的信，总要问起我来。他很小心，写信的署名总是用的假名字，提起我来，也用的是假名字。他是十分小心而仔细的。

他到了后方，为了想住在家乡之故，便由复旦而转到大夏大学授课。后来，又在别的大学里兼课，且也在交通书局里担任编辑部的事。贵阳几家报纸的文学副刊也多半由他负责编辑。

他为了生活的清苦，不能不多兼事。而他办事又是尽心尽力的，不肯马虎，所以显得非常地疲劳，体力也日见衰弱下去。

生活的重担，压下去，压下去，一天天地加重，终于把他压倒在地。他没有见到胜利，便死在贵阳。

他素来是乐天的，胖胖的，从来不曾见过他的愤怒。但听说，他在贵阳时也曾愤怒了好几回。有一次，一个主省政的官吏下令要全贵阳的人都穿上短衣，不许着长衫。警察在街上，执着剪刀，一见有身穿长衫的人，便将下半截剪了去。这个可笑的人听说便是下令把四川全省靠背椅的靠背全部锯了去的。六逸愤怒了！他对这幼稚任性、违抗人民自由与法律尊严的命令不断地攻击着。他的论点正确而有力。那个人结果是让步了，取消了那道可笑的命令。六逸其他为了人民而争斗的事听说还有不少。这愤怒老在烧灼着他的心。靠五十岁的人也没有少年时代的好涵养了。

时代迫着他愤怒、争斗，但同时也迫着他为了生活的重担而穷苦而死。

这不是他一个人所独自走着的路。许多有良心的文人们都走着同样的路。

我们能不为他——他们——而同声一哭么？

三十六年七月十七日写

郑振铎（1898—1958），中国现代著名作家、文学史家。1917年考取北京铁路管理学校高等科官费生。1920年与沈雁冰、叶圣陶等发起成立文学研究会。1921年到商务印书馆编译所工作。1923年起主编《小说月报》。1931年任燕京大学中文系教授。1935年任暨南大学文学院院长兼中文系主任。1945年创办并主编《民主》周刊。著有《插图本中国文学史》《文学大纲》《中国俗文学史》等。

惜周作人[*]

郑振铎

在抗战的整整十四个年头里，中国文艺界最大的损失是周作人附逆。郑孝胥"走马上任"去了，我们一点也不觉得惋惜；陈桂暗中受津贴，结果不得不明目张胆地公开出来，我们也一点不为之痛心。因为他们都是属于过去一个时代的人物，他们本来是已经不在我们的阵伍中，这种人的失去，对于我们的文坛里丝毫不足轻重的。陈桂刊出他的《待焚草》，马君武先生一见便抛在一边，说道："这些东西，不焚何待！"郑孝胥的《海藏楼诗》也不是"今人"之物；一个日本人到了他的海藏楼，

---

[*]周作人（1885—1967），鲁迅（周树人）之弟，周建人之兄。中国现代著名散文家、文学理论家、评论家、诗人、翻译家、思想家、中国民俗学开拓人。——编者注。

一见，便诧叹道："穷的诗人住了这样的大宅，我倒也愿意做一个穷诗人呢。"那样无病呻吟的东西本来不会有什么真的灵魂的。

周作人却和他们不同了。周作人是在"五四"时代长成起来的。他倡导"人的文学"，译过不少的俄国小说，他的对于希腊文学的素养也是近人所罕及的，他的诗和散文都曾有过很大的影响。他的《小河》，至今还有人在吟味着。他确在新文学上尽过很大的力量。虽然他后来已经是显得落伍了，但他始终是代表着中国文坛上的另一派。假如我们说，"五四"以来的中国文学有什么成就，无疑地，我们应该说，鲁迅先生和他是两个颠扑不破的巨石重镇；没有了他们，新文学史上便要黯然失光。

鲁迅先生是很爱护他的，尽管他们俩晚年失和，但鲁迅先生口中从来没有一句责难他的话。"知弟莫若兄。"鲁迅先生十分地知道他的脾气和性格。倒是周作人常常有批评鲁迅先生的话。他常向我们说起，鲁迅怎样怎样地，但我们从来没有相信过他的话。鲁迅是怎样地真挚而爽直，而他则含蓄而多疑，貌为冲淡，而实则热衷；虽称"居士"，而实则心悬"魏阙"。所以，其初是竭力主张性灵，后来却一变而为什么大东亚文学会的代表人之一了。然而他的过去的成就，却仍不能不令人恋恋。

所以，周作人的失去，我们实在觉得十分地惋惜，十分地痛心！没有比这个损失更大了！

周作人怎样会失去的呢？

我在"七七"以前，离开北平的时候，曾经和他谈过一次话，这是最后的一次了，这时，抗战救国的空气十分地浓厚。我劝他，有必要的时候，应该离开北平。他不以为然。他说，和日本作战是不可能的。人家有海军，没有打，人家已经登岸来了。我们的门户是洞开的，如何能够抵抗人家？他持的是"必败论"。我说："不是我们去侵略日本。如果他们一步步地迫进来，难道我们一点也不加抵抗么？"他没有响。后来我们便谈他事了。

"七七"以后，我们在南方的朋友们都十分地关心着他。许多人都劝他南下。他说，他怕鲁迅的"党徒"会对他不利，所以不能来。这完全是无中生有的托词。其实，他是恋恋于北平的生活，舍不得八道湾的舒适异常的起居，所以不肯搬动。

茅盾他们在汉口的时候，曾经听到关于他的传说，有过联名的表示。但在那时候，他实在还不曾"伪"。绍虞有过一封信给我，说，下学期燕京大学已正式地聘请他为教授，他也已经答应下来了，绝对地没有什么问题。我根据这封信，曾经为他辩白过。我们是怎样地爱惜着他！生怕他会动摇，会附逆，所以一听到他已肯就聘燕大，便会那样地高兴！

但他毕竟附了逆！燕大的聘书他也退回去了。其近因，是为了阴历元旦的时候，有几个青年人去找他，向他开了几枪，枪子为大衣纽扣所抵住，并没有穿进，所以他便幸免了。一个车夫替了他死去。

然而实际的原因恐并不是如此。那一场"暗杀"并不能促使他背叛祖国。世间哪有如此的"一不做，二不休"之人呢？

其远因必定是另有所在的。"必败论"使他太不相信中国的前途，而太相信日本的海陆军力量的巨大。成败利钝之念横梗于心中，便不能不有所背，有所从了。同时，安土重迁和贪惯舒服的惰性又使他设想着种种危险和迫害，自己欺骗着自己，压迫着自己，令他不能不选择一条舒服而"安全"的路走了。他在那个时候，做梦也不会想到日本帝国要如此崩溃，世界会是这样一个样子的。

钱稻荪，另一个背叛祖国的人，曾对一个伪立北京大学的教员——那一个人不愿用真实的姓名，要求改用一个假名字应聘，生怕将来政府回来了会有问题——说道："你以为会这样么？我从来没有做此想过！"因为他们是那么坚定地相信"中国的命运"，所以他们才敢于做汉奸。这恐怕又是汉奸产生的原因之一。

周作人也便是这么想，而成为一个汉奸的。

即在他做了汉奸之后，我们几个朋友也还不能忘情于他。适之先生和尹默先生好像都曾苦劝过他，而凤举先生和我也常在想着，怎样才能使他脱离了那个汉奸的圈子呢？

我们总想能保全他。即在他被捕之后，我们几个朋友谈起，还想用一个特别的办法，囚禁着他，但使他工作着，从事于翻译希腊文学什么的。

他实在太可惜了！我们对他的附逆，觉得格外痛心，比见了任何人的堕落还要痛心！我们觉得，即在今日，我们不但悼惜他，还应该爱惜他！

郑振铎（1898—1958），中国现代著名作家、文学史家。1917 年考取北京铁路管理学校高等科官费生。1920 年与沈雁冰、叶圣陶等发起成立文学研究会。1921 年到商务印书馆编译所工作。1923 年起主编《小说月报》。1931 年任燕京大学中文系教授。1935 年任暨南大学文学院院长兼中文系主任。1945 年创办并主编《民主》周刊。著有《插图本中国文学史》《文学大纲》《中国俗文学史》等。

悼夏丏尊先生

郑振铎

夏丏尊先生死了，我们再也听不到他的叹息，他的悲愤的语声了；但静静地想着时，我们仿佛还都听见他的叹息，他的悲愤的语声。

他住在沦陷区里，生活紧张而困苦，没有一天不在愁叹着。是悲天？是悯人？

胜利到来的时候，他曾经很天真地高兴了几天。我们相见时，大家都说道："好了，好了！"个个人的脸上似乎都泯没了愁闷，耀着一层光彩。他也同样地说道："好了，好了！"

然而很快地，便又陷入愁闷之中。他比我们敏感，他似乎失望、愁闷得更迅快些。

他曾经很高兴地写过几篇文章，很提出些正面的主张出来。但过了一会，便又沉默下去，一半是为了身体逐渐衰弱的关系。

他是一个自由主义者，反对一切的压迫和统治。他最富于正义感，看不惯一切的腐败、贪污的现象。他自己曾经说道："自恨自己怯弱，没有直视苦难的能力，却又具有着对于苦难的敏感。"又道："记得自己幼时，逢大雷雨躲入床内，得知家里要杀鸡就立刻逃避；看戏时遇到《翠屏山》《杀嫂》等戏要当场出彩，预先俯下头去；以及妻每次产时，不敢走入产房，只在别室中闷闷地听着妻的呻吟声，默祷她安全的光景。"（均见《平屋杂文》）

这便是他的性格。他表面上很恬淡，其实，心是热的；他仿佛无所褒贬，其实，心里是泾渭分得极清的。在他淡淡的谈话里，往往包含着深刻的意义。他反对中国人传统的调和与折中的心理。他常常说，自己是一个早衰者，不仅在身体上，在精神上也是如此。他有一篇《中年人的寂寞》：

> 我已是一个中年的人。一到中年，就有许多不愉快的现象，眼睛昏花了，记忆力减退了，头发开始秃脱而且变白了，意兴、体力什么都不如年轻的时候，常不禁会感觉得难以名言的寂寞的情味。尤其觉得难堪的是知友的逐渐减少和疏远，缺乏交际上的温暖的慰藉。

在《早老者的忏悔》里，他又说道：

> 我今年五十，在朋友中原比较老大。可是自己觉得体

力减退，已好多年了。三十五六岁以后，我就感到身体一年不如一年，工作起不得劲，只得是恹恹地勉强挨，几乎无时不觉到疲劳，什么都觉得厌倦，这情形一直到如今。十年以前，我还只四十岁，不知道我年龄的，都以为我是五十岁光景的人，近来居然有许多人叫我"老先生"。论年龄，五十岁的人应该还大有可为，古今中外，尽有活到了七十、八十，元气很盛的。可是我却已经老了，而且早已老了。

这是他的悲哀，但他却并不因此而消极，正和他的不因寂寞而厌世一样。他常常愤慨，常常叹息，常常悲愁。他的愤慨、叹息、悲愁，正是他的入世处。他爱世、爱人，尤爱"执著"的有所为的人和狷介的有所不为的人。他爱年轻人，他讨厌权威，讨厌做作、虚伪的人。他没有机心，表里如一。他藏不住话，有什么便说什么，所以大家都称他"老孩子"。他的天真无邪之处，的确够得上称为一个"孩子"的。

他从来不提防什么人。他爱护一切的朋友，常常担心他们的安全与困苦。我在抗战时逃避在外，他见了面，便问道："没有什么么？"我在卖书过活，他又异常关切地问道："不太穷困么？卖掉了可以过一个时期吧。"

"又要卖书了么？"他见我在抄书目时问道。

我点点头——向来不做乞怜相，装作满不在乎的神气，有点倔强，也有点傲然，但见到他的皱着眉头，同情地叹气时，我几乎也要叹出气来。

他很远地挤上了电车到办公的地方来，从来不肯坐头等，总是挤在拖车里。我告诉他，拖车太颠太挤，何妨坐头等，他总是不改变态度，天天挤，挤不上，再等下一部，有时等了好几部还挤不上。到了办公的地方，总是叹了一口气后才坐下。

"丏翁老了。"朋友们在背后都这么说。我们有点替他发愁，看他显著地一天天地衰老下去。他的营养是那么坏，家里的饭菜不好，吃米饭的时候很少，到了办公的地方时也只是以一块面包当作午餐。那时候，我们也都吃着烘山芋、面包、小馒头或羌饼之类作午餐，但总想有点牛肉、鸡蛋之类伴着吃，他却从来没有过；偶然是涂些果酱上去，已经算是很奢侈了。我们有时高兴上小酒馆去喝酒，去邀他，他总是不去。

在沦陷时代，他曾经被敌人的宪兵捉去过。据说，有他的照相，也有关于他的记录。他在宪兵队里虽没有被打、上电刑或灌水之类，但睡在水门汀上，吃着冷饭，他的身体因此益发坏下去。敌人们大概也为他的天真而恳挚的态度所感动吧，后来对待他很不坏，比别人自由些，只有半个月便被放了出来。

他说，日本宪兵曾经问起了他："你有见到郑某某吗？"他撒了谎，说道："好久好久不见到他了。"其实，在那时期，我们差不多天天见到的。他是那么爱护着他的朋友！

他回家后，显得更憔悴了，不久便病倒。我们见到他，他也只是叹气，慢吞吞地说着经过，并不因自己的不幸的遭遇而特别觉得愤怒。他永远是悲天悯人的——连他自己也在内。

在晚年，他有时觉得很起劲，为开明书店计划着出版辞典，同时发愿要译《南藏》。他担任的是《佛本生经》（"Jataka"）的翻译，已经译成了若干，有一本仿佛已经出版了。我有一部英译本的"Jataka"，他要借去做参考，我答应了他，可惜我不能回家，托人去找，遍找不到。等到我能够回家，而且找到"Jataka"时，他已经用不到这部书了。我见到它，心里便觉得很难过，仿佛做了一件不可补偿的事。

他很耿直，虽然表面上是很随和。他所厌恨的事，隔了多少年，也还不曾忘记。有一次，在一个宴会上遇到了一个他在杭州第一师范学校教书时代的浙江教育厅长，他便有点不耐烦，叨叨地说着从前的故事，我们都觉得窘，但他却一点也不觉得。

他是爱憎分明的！

他从事于教育很久，多半在中学里教书。他的对待学生们从来不采取严肃的督责的态度。他只是恳挚地诱导着他们。

……我入学之后，常听到同学们谈起夏先生的故事，其中有一则我记得最牢、感动得最深的，是说夏先生最初在一师兼任舍监的时候，有些不好的同学，晚上熄灯、点名之后偷出校门，在外面荒唐到深夜才回来。夏先生查到之后，并不加任何责罚，只是恳切地劝导。如果一次两次仍不见效，于是夏先生第三次就守候着他，无论怎样夜深都守候着他，守候着了，夏先生对他仍旧不加任何责罚，只是苦口婆心，更加恳切地劝导他，一次不成，二次，二次不成，三次……总要使得犯过者真心悔过，彻底觉悟而后已。

——许志行：《不堪回首悼先生》

　　他是上海立达学园的创办人之一，立达的几位教师对于学生们所用的也全是这种恳挚的感化的态度。他在国立暨南大学做过国文系主任，因为不能和学校当局意见相同，不久便辞职不干。此后，便一直过着编译的生活，有时也教教中学。学生们对于他，印象都非常深刻，都敬爱着他。

　　他对于语文教学，有甚深的研究。他和刘薰宇合编过一本《文章作法》，和叶绍钧合编过《文章讲话》《阅读与写作》及《文心》，也像做国文教师时的样子，细心而恳切地谈着作文的心诀。他自己作文很小心，一字不肯苟且；阅读别人的文章时，也很小心，很慎重，一字不肯放过。从前《中学生》杂志有过"文章病院"一栏，批评着时人的文章，有发必中，便是他在那里主持着的，他自己也动笔写了几篇东西。

　　古人说"文如其人"，我们读他的文章，确有此感。我很喜欢他的散文，每每劝他编成集子。《平屋杂文》一本，便是他的第一个散文集子。他毫不做作，只是淡淡地写来，但是骨子里很丰腴。虽然是很短的一篇文章，不署名的，读了后，也猜得出是他写的。在那里，言之有物，是那么深切地混合着他自己的思想和态度。

　　他的风格是朴素的，正和他为人的朴素一样。他并不堆砌，只是平平地说着他自己所要说的话。然而，没有一句多余的话、不诚实的话，字斟句酌，绝不急就。在文章上讲，是"盛水不漏"、无懈可击的。

他的身体是病态的胖肥，但到了最后的半年显得瘦了，气色很灰暗。营养不良，恐怕是他致病的最大原因。心境的忧郁，也有一部分的因素在内。友人们都说他"一肚皮不合时宜"。在这样一团糟的情形之下，"合时宜"的都是些何等人物，可想而知，怎能怪丏尊的牢骚太多呢！

想到这里，便仿佛听见他的叹息、他的悲愤的语声在耳边响着。他的忧郁的脸、病态的身体，仿佛还在我们的眼前出现。然而他是去了！永远地去了，那悲天悯人的语调是再也听不到了！

如今是，那么需要由叹息、悲愤里站起来干的人，他如不死，可能会站起来干的。这是超出于友情以外的一个更大的损失。

丰子恺（1898—1975），著名漫画家、散文家、文艺理论家和翻译家。1919 年毕业于浙江省立第一师范学校。1921 年获亲友资助赴日留学，10 个月后因经济困难回国，先后在上海、浙江、重庆等地任教，并曾任上海开明书店编辑、《中学生》杂志编辑。1924 年在文艺刊物《我们的七月》上第一次发表漫画《人散后，一钩新月天如水》。1942 年在重庆自建"沙坪小屋"，专事绘画和写作。

悼夏丏尊先生

丰子恺

我从重庆郊外迁居城中，候船返沪。刚才迁到，接得夏丏尊老师逝世的消息。记得三年前，我从遵义迁重庆，临行时接得弘一法师往生的电报。我所敬爱的两位教师的最后消息，都在我行旅倥偬的时候传到。这偶然的事，在我觉得很是蹊跷。因为这两位老师同样地可敬可爱，昔年曾经给我同样宝贵的教诲，如今噩耗传来，也好比给我同样的最后训示。这使我感到分外的哀悼与警惕。

我早已确信夏先生是要死的，同确信任何人都要死的一样，但料不到如此其速。八年违教，快要再见，而终于不得再见！真是天实为之，谓之何哉！

犹忆二十六年秋，卢沟桥事变之际，我从南京回杭州，中途在上海下车，到梧州路去看夏先生。先生满面忧愁，说一句话，叹一口气。我因为要乘当天的夜车返杭，匆匆告别。我说："夏先生再见。"夏先生好像骂我一般愤然地答道："不晓得能不能再见！"同时又用凝注的眼光，站立在门口目送我。我回头对他发笑。因为夏先生老是善愁，而我总是笑他多忧。岂知这一次正是我们的最后一面，果然这一别"不能再见了"！

后来我扶老携幼，仓皇出奔，辗转长沙、桂林、宜山、遵义、重庆各地，夏先生始终住在上海。初年还常通信。自从夏先生被敌人捉去监禁了一回之后，我就不敢写信给他，免得使他受累。胜利一到，我写了一封长信给他。见他回信的笔迹依旧遒劲挺秀，我很高兴。字是精神的象征，足证夏先生精神依旧。当时以为马上可以再见了，岂知交通与生活日益困难，使我不能早归；终于在胜利后八个半月的今日，在这山城客寓中接到他的噩耗，也可说是"抱恨终天"的事！

夏先生之死，使"文坛少了一位老将"，"青年失了一位导师"，这些话一定有许多人说，用不着我再讲。我现在只就我们的师生情缘上表示哀悼之情。

夏先生与李叔同先生（弘一法师）具有同样的才调，同样的胸怀。不过表面上一位做和尚，一位是居士而已。

犹忆三十余年前，我当学生的时候，李先生教我们图画、音乐，夏先生教我们国文。我觉得这三种学科同样地严肃而有兴趣。就为了他们二人同样地深解文艺的真谛，故能引人入胜。夏先生常说："李先生教图画、音乐，学生对图画、音乐，看得比国文、数学等更重。这是有人格做背景的缘故。虽然他教图画、音乐，而他所懂得的不仅是图画、音乐；他的诗文比国文先生的更好，他的书法比习字先生的更好，他的英文比英文先生的更好……这好比一尊佛像，有灵光，故能令人敬仰。"这话也可说是"夫子自道"。夏先生初任舍监，后来教国文。但他也是博学多能，只除不弄音乐以外，其他诗文、绘画（鉴赏）、金石、书法、理学、佛典，以至外国文、科学等，他都懂得。因此能和李先生交游，因此能得学生的心悦诚服。

他当舍监的时候，学生们私下给他起个诨名，叫夏木瓜。但这并非恶意，却是好心。因为他对学生如对子女，率直开导，不用敷衍、欺蒙、压迫等手段。学生们最初觉得忠言逆耳，看见他的头大而圆，就给他起这个诨名。但后来大家都知道夏先生是真爱我们，这绰号就变成了爱称而沿用下去。凡学生有所请愿，大家都说："同夏木瓜讲，这才成功。"他听到请愿，也许暗呜叱咤地骂你一顿，但如果你的请愿合乎情理，他就当作自己的请愿而替你设法了。

他教国文的时候，正是"五四"将近。我们作惯了"太王留别父老书""黄花主人致无肠公子书"之类的文题之后，他突然叫我们作一篇"自述"。而且说："不准讲空话，要老实写。"有一位同学，写他父亲客死他乡，他"星夜匍匐奔丧"。夏先生苦笑着问他："你那天晚上真个是在地上爬去的？"引得大家发笑，那位同学脸孔绯红。又有一位同学发牢骚，赞隐遁，说要"乐琴书以消忧，抚孤松而盘桓"。夏先生厉声问他："你为什么来考师范学校？"弄得那人无言可对。这样的教法，最初被顽固守旧的青年所反对。他们以为文章不用古典，不发牢骚，就不高雅。竟有人说："他自己不会作古文（其实作得很好），所以不许学生作。"但这样的人毕竟是少数。多数学生对夏先生这种从来未有的、大胆的革命主张，觉得惊奇与折服，好似长梦猛醒，恍悟今是昨非。这正是"五四运动"的初步。

李先生做教师，以身作则，不多讲话，使学生衷心感动，自然诚服。譬如上课，他一定先到教室，黑板上应写的，都先写好（用另一黑板遮住，用到的时候推开来）。然后端坐在讲台上等学生到齐。譬如学生还琴时弹错了，他举目对你一看，但说："下次再还。"有时他没有说，学生吃了他一眼，自己请求下次再还了。他话很少，说时总是和颜悦色的，但学生非常怕他，敬爱他。夏先生则不然，毫无矜持，有话直说。学生便嬉皮笑脸，同他亲近。偶然走过校庭，看见年纪小的学生弄狗，他也要管："为啥同狗为难！"放假日子，学生出门，夏先生看见了便喊："早些回来，勿可吃酒啊！"学生笑着连说："不吃，不吃！"赶快走路。走得远了，夏先生还要大喊："铜钿少用些！"学生一方面笑他，一方面实在感激他，敬爱他。

夏先生与李先生对学生的态度完全不同，而学生对他们的敬爱则完全相同。这两位导师，如同父母一样。李先生的是"爸爸的教育"，夏先生的是"妈妈的教育"。夏先生后来翻译的《爱的教育》，风行国内，深入人心，甚至被取作国文教材。这不是偶然的事。

我师范毕业后，就赴日本。从日本回来就同夏先生共事，当教师，当编辑。我遭母丧后辞职闲居，直至逃难。但其间与书店关系仍多，常到上海与夏先生相晤。故自我离开夏先生的绛帐，直到抗战前数日的诀别，二十年间，常与夏先生接近，不断地受他的教诲。其时李先生已经做了和尚，芒鞋破钵，云游四方，和夏先生仿佛是两个世界的人。但在我觉得仍是以前的两位导师，不过所导的范围由学校扩大为人世罢了。

李先生不是"走投无路，遁入空门"的，是为了人生根本问题而做和尚的。他是真正做和尚，他是痛感于众生疾苦而"行大丈夫事"的。夏先生虽然没有做和尚，但也是完全理解李先生的胸怀的，他是赞善李先生的行大丈夫事的。只因种种尘缘的牵阻，使夏先生没有勇气行大丈夫事。夏先生一生的忧愁苦闷，由此发生。

凡熟识夏先生的人，没有一个不晓得夏先生是个多忧善愁的人。他看见世间的一切不快、不安、不真、不善、不美的状态，都要皱眉、叹气。他不但忧自家，又忧友、忧校、忧店、忧国、忧世。朋友中有人生病了，夏先生就皱着眉头替他担忧；有人失业了，夏先生又皱着眉头替他着急；有人吵架了，有人吃醉了，甚至朋友的太太要生产了，小孩子跌跤了……夏先生都要皱着眉头替他们忧愁。学校的问题、公司的问题，别人都当作例行公事处理的，夏先生却当作自家的问题，真心地担忧。国家的事、世界的事，别人当作历史小说看的，在夏先生都是切身问题，真心地忧愁、皱眉、叹气。故我和他共事的时候，对夏先生凡事都要讲得乐观些，有时竟瞒过他，免得使他增忧。

他和李先生一样地痛感众生的疾苦。但他不能和李先生一样行大丈夫事，他只能忧伤终老。在"人世"这个大学校里，这二位导师所施的仍是"爸爸的教育"与"妈妈的教育"。

朋友的太太生产、小孩子跌跤等事，都要夏先生担忧。那么，八年来水深火热的上海生活，不知为夏先生增添了几十万斛的忧愁！忧能伤人，夏先生之死，是供给忧愁材料的社会所致使，日本侵略者所促成的！

以往我每逢写一篇文章，写完之后总要想："不知这篇东西夏先生看了怎么说。"因为我的写文是在夏先生的指导鼓励之下学起来的。今天写完了这篇文章，我又本能地想："不知这篇东西夏先生看了怎么说。"两行热泪，一齐沉重地落在这原稿纸上。

丰子恺（1898—1975），著名漫画家、散文家、文艺理论家和翻译家。1919 年毕业于浙江省立第一师范学校。1921 年获亲友资助赴日留学，10 个月后因经济困难回国，先后在上海、浙江、重庆等地任教，并曾任上海开明书店编辑、《中学生》杂志编辑。1924 年在文艺刊物《我们的七月》上第一次发表漫画《人散后，一钩新月天如水》。1942 年在重庆自建"沙坪小屋"，专事绘画和写作。

怀李叔同*先生

丰子恺

距今二十九年前，我十七岁的时候，最初在杭州的浙江省立第一师范学校里见到李叔同先生，即后来的弘一法师。那时我是预科生，他是我们的音乐教师。我们上他的音乐课时，有一种特殊的感觉：严肃。摇过预备铃，我们走向音乐教室，推进门去，先吃一惊：李先生早已端坐在讲台上。以为先生总要迟到而嘴里随便唱着、喊着或笑着、骂着而推进门去的同学，吃惊更是不小。他们的唱声、喊声、笑声、骂声以门槛为界限而忽然消灭。接着是低着头，红着脸，去端坐在自己的位子里。

---

*李叔同（1863—1924），著名音乐、美术教育家，书法家，戏剧活动家，是中国话剧的开拓者之一。后剃度为僧，法名演音，号弘一，晚号晚晴老人。——编者注。

端坐在自己的位子里偷偷地仰起头来看看，看见李先生的高高的瘦削的上半身穿着整洁的黑布马褂，露出在讲桌上，宽广得可以走马的前额，细长的凤眼，隆正的鼻梁，形成威严的表情。扁平而阔的嘴唇两端常有深涡，显示和蔼的表情。这副相貌，用"温而厉"三个字来描写，大概差不多了。讲桌上放着点名簿、讲义以及他的教课笔记簿、粉笔。钢琴衣解开着，琴盖开着，谱表摆着，琴头上又放着一只时表，闪闪的金光直射到我们的眼中。黑板（是上下两块可以推动的）上早已清楚地写好本课内所应写的东西（两块都写好，上块盖着下块，用下块时把上块推开）。在这样布置的讲台上，李先生端坐着。坐到上课铃响后（后来我们知道他这脾气，上音乐课必早到。故上课铃响时，同学早已到齐），他站起身来，深深地一鞠躬，课就开始了。这样地上课，空气严肃得很。

有一个人上音乐课时不唱歌而看别的书，有一个人上音乐课时吐痰在地板上，以为李先生看不见的，其实他都知道。但他不立刻责备，等到下课后，他用很轻而严肃的声音郑重地说："某某等一等出去。"于是这位某某同学只得站着。等到别的同学都出去了，他又用轻而严肃的声音向这某某同学和气地说："下次上课时不要看别的书。"或者："下次痰不要吐在地板上。"说过之后他微微一鞠躬，表示"你出去罢"。出来的人大都脸上发红。又有一次下音乐课，最后出去的人无心把门一拉，碰得太重，发出很大的声音。他走了数十步之后，李先生走出门来，满面和气地叫他转来。等他到了，李先生又叫他进教室来。进了教室，李先生用很轻而严肃的声音向他和气地说："下次走出教室，轻轻地关门。"就对他一鞠躬，送他出门，自己轻轻地把门关了。最不易忘却的，是有一次上弹琴课的时候。我们是师范生，每人都要学弹琴，全校有五六十架风琴及两架钢琴。风琴每室两架，给学生练习用；钢琴一架放在唱歌教室里，一架放在弹琴教室里。上弹琴课时，十数人为一组，环立在琴旁，看李先生范奏。有一次正在范奏的时候，有一个同学放一个屁，没有声音，却是很臭。钢琴及李先生、十数同学全部沉浸在"亚莫尼亚"① 气体中。同学大都掩鼻或发出讨厌的声音。李先生眉头一皱，管自弹琴（我想他一定屏息着）。弹到后来，"亚莫尼亚"气散光了，他的眉头方才舒展。教完以后，下课铃响了。李先生立起来一鞠躬，表示散课。散课以后，同学还未出门，李先生又郑重地宣告："大家等一等去，还有一句话。"大家又肃立了。李先生又用很轻而严肃的声音和气地说："以后放屁，到门外去，不要放在室内。"接着又一鞠躬，表示叫我们出去。同学都忍着笑，一出门来，大家快跑，跑到远处去大笑一顿。

李先生用这样的态度来教我们音乐，因此我们上音乐课时，觉得比上其他一切课更严肃。同时对于音乐教师李叔同先生，比对其他教师更敬仰。那时的学校，首重的是所谓"英、国、算"，即英文、国文和算学。在别的学校里，这三门功课的教师

---

① Ammonia，今译氨。——编者注。

最有权威；而在我们这师范学校里，音乐教师最有权威，因为他是李叔同先生的缘故。

李叔同先生为什么能有这种权威呢？不仅为了他学问好，不仅为了他音乐好，主要的还是为了他态度认真。李先生一生的最大特点是"认真"。他对于一件事，不做则已，要做就非做得彻底不可。

他出身于富裕之家，他的父亲是天津有名的银行家。他是第五位姨太太所生。他父亲生他时，年已七十二岁。他堕地后就遭父丧，又逢家庭之变，青年时就陪了他的生母南迁上海。在上海南洋公学读书奉母时，他是一个翩翩公子。当时上海文坛有著名的沪学会，李先生应沪学会征文，名字屡列第一。从此他就为沪上名人所器重，而交游日广，终以"才子"驰名于当时的上海。所以后来他母亲死了，他赴日本留学的时候，作一首《金缕曲》，词曰："披发佯狂走。莽中原，暮鸦啼彻，几株衰柳。破碎河山谁收拾，零落西风依旧。便惹得离人消瘦。行矣临流重太息，说相思刻骨双红豆。愁黯黯，浓于酒。漾情不断淞波溜。恨年年絮飘萍泊，遮难回首。二十文章惊海内，毕竟空谈何有！听匣底苍龙狂吼。长夜西风眠不得，度群生哪惜心肝剖。是祖国，忍辜负？"读这首词，可想见他当时豪气满胸，爱国热情炽盛。他出家时把过去的照片统统送我，我曾在照片中看见过当时在上海的他：丝绒缤帽，正中缀一方白玉，曲襟背心，花缎袍子，后面挂着胖辫子，底下缀带扎脚管，双梁厚底鞋子，头抬得很高，英俊之气，流露于眉目间，真是当时上海一等的翩翩公子。这是最初表示他的特性：凡事认真。他立意要做翩翩公子，就彻底地做一个翩翩公子。

后来他到日本，看见明治维新的文化，就渴慕西洋文明。他立刻放弃了翩翩公子的态度，改作一个留学生。他入东京美术学校，同时又入音乐学校。这些学校都是模仿西洋的，所教的都是西洋画和西洋音乐。李先生在南洋公学时英文学得很好；到了日本，就买了许多西洋文学书。他出家时曾送我一部残缺的原本《莎士比亚全集》，他对我说："这书我从前细读过，有许多笔记在上面，虽然不全，也是纪念物。"由此可想见他在日本时，对于西洋艺术全面进攻，绘画、音乐、文学、戏剧都研究。后来他在日本创办春柳剧社，纠集留学同志，共演当时西洋著名的悲剧《茶花女》（小仲马著）。他自己把腰束小，扮作茶花女，粉墨登场。这照片，他出家时也送给我，一向归我保藏，直到抗战时为兵火所毁。现在我还记得这照片：卷发、白的上衣，白的长裙拖着地面，腰身小到一把，两手举起托着后头，头向右歪侧，眉峰紧蹙，眼波斜睇，正是茶花女自伤命薄的神情。另外还有许多演剧的照片，不可胜记。这春柳剧社后来迁回中国，李先生就脱出，由另一班人去办，便是中国最初的"话剧"社。由此可以想见，李先生在日本时，是彻头彻尾的一个留学生。我见过他当时的照片：高帽子、硬领、硬袖、燕尾服、史的克①、尖头皮鞋，加之长身、高鼻，没有脚的眼镜

① 即拐杖（Stick）。——编者注。

夹在鼻梁上，竟活像一个西洋人。这是第二次表示他的特性：凡事认真。学一样，像一样。要做留学生，就彻底地做一个留学生。

他回国后，在上海太平洋报社当编辑。不久，就被南京高等师范请去教图画、音乐。后来又应杭州师范之聘，同时兼任两个学校的课，每月中半个月住南京，半个月住杭州。两校都请助教，他不在时由助教代课。我就是杭州师范的学生。这时候，李先生已由留学生变为"教师"。这一变，变得真彻底：漂亮的洋装不穿了，却换上灰色粗布袍子、黑布马褂、布底鞋子。金丝边眼镜也换了黑的钢丝边眼镜。他是一个修养很深的美术家，所以对于仪表很讲究。虽然布衣，却很称身，常常整洁。他穿布衣，全无穷相，而另具一种朴素的美。你可想见，他是扮过茶花女的，身材生得非常窈窕，穿了布衣，仍是一个美男子。"淡妆浓抹总相宜"，这诗句原是描写西子的，但拿来形容我们的李先生的仪表，也很适用。今人侈谈"生活艺术化"，大都好奇立异，非艺术的。李先生的服装才真可称为生活的艺术化。他一时代的服装，表出着一时代的思想与生活。各时代的思想与生活判然不同，各时代的服装也判然不同。布衣布鞋的李先生，与洋装时代的李先生、曲襟背心时代的李先生，判若三人。这是第三次表示他的特性：认真。

我二年级时，图画归李先生教。他教我们木炭石膏模型写生。同学一向描惯临画，起初无从着手。四十余人中，竟没有一个人描得像样的。后来他范画给我们看。画毕把范画贴在黑板上。同学们大都看着黑板临摹。只有我和少数同学，依他的方法从石膏模型写生。我对于写生，从这时候开始发生兴味。我到此时，恍然大悟：那些粉本原是别人看了实物而写生出来的，我们也应该直接从实物写生入手，何必临摹他人，依样画葫芦呢？于是我的画进步起来。此后李先生与我接近的机会更多。因为我常去请他教画，又教日本文。以后的李先生的生活，我所知道的较为详细。他本来常读性理的书，后来忽然信了道教，案头常常放着道藏。那时我还是一个毛头青年，谈不到宗教。李先生除绘事外，并不对我谈道。但我发现他的生活日渐收敛起来，仿佛一个人就要动身赴远方时的模样。他常把自己不用的东西送给我。他的朋友日本画家大野隆德、河合新藏、三宅克己等到西湖来写生时，他带了我去请他们吃一次饭，以后就把这些日本人交给我，叫我引导他们（我当时已能讲普通应酬的日本话），他自己就关起房门来研究道学。有一天，他决定入大慈山去断食，我有课事，不能陪去，由校工闻玉陪去。数日之后，我去望他，见他躺在床上，面容消瘦，但精神很好，对我讲话，同平时差不多。他断食共十七日，由闻玉扶起来，摄一个影，影片上端由闻玉题字："李息翁先生断食后之像，侍子闻玉题。"这照片后来制成明信片分送朋友。像的下面用铅字排印着："某年月日，入大慈山断食十七日，身心灵化，欢乐康强——欣欣道人记。"李先生这时候已由"教师"一变而为"道人"了。学道就断食十七日，也是他凡事"认真"的表示。

但他学道的时候很短。断食以后，不久他就学佛。他自己对我说，他的学佛是受马一浮先生指示的。出家前数日，他同我到西湖玉泉去看一位程中和先生。这程先生原来是当军人的，现在退伍，住在玉泉，正想出家为僧。李先生同他谈得很久。此后不久，我陪大野隆德到玉泉去投宿，看见一个和尚坐着，正是这位程先生。我想称他"程先生"，觉得不合，想称他法师，又不知道他的法名（后来知道是弘伞），一时周章得很。我回去对李先生讲了，李先生告诉我，他不久也要出家为僧，就做弘伞的师弟。我愕然不知所对。过了几天，他果然辞职，要去出家。出家的前晚，他叫我和同学叶天瑞、李增庸三人到他的房间里，把房间里所有的东西送给我们三人。第二天，我们三人送他到虎跑。我们回来分得了他的"遗产"，再去望他时，他已光着头皮，穿着僧衣，俨然一位清癯的法师了。我从此改口，称他为"法师"。法师的僧腊二十四年。这二十四年中，我颠沛流离，他一贯到底，而且修行功夫愈进愈深。当初修净土宗，后来又修律宗。律宗是讲究戒律的，一举一动，都有规律，严肃认真之极，这是佛门中最难修的一宗。数百年来，传统断绝，直到弘一法师方才复兴，所以佛门中称他为"重兴南山律宗第十一代祖师"。他的生活非常认真。举一例说：有一次我寄一卷宣纸去，请弘一法师写佛号。宣纸多了些，他就来信问我，余多的宣纸如何处置？又有一次，我寄回件邮票去，多了几分。他把多的几分寄还我。以后我寄纸或邮票，就预先声明：余多的送与法师。有一次他到我家，我请他藤椅子里坐，他把藤椅子轻轻摇动，然后慢慢地坐下去。起先我不敢问，后来看他每次都如此，我就启问。法师回答我说："这椅子里头，两根藤之间，也许有小虫伏着。突然坐下去，要把它们压死，所以先摇动一下，慢慢地坐下去，好让它们走避。"读者听到这话，也许要笑，但这正是做人极度认真的表示。

如上所述，弘一法师由翩翩公子一变而为留学生，又变而为教师，三变而为道人，四变而为和尚。每做一种人，都做得十分像样。好比全能的优伶：起青衣像个青衣，起老生像个老生，起大面又像个大面……都是"认真"的缘故。

现在弘一法师在福建泉州圆寂了。噩耗传到贵州遵义的时候，我正在束装，将迁居重庆。我发愿到重庆后替法师画像一百帧，分送各地信善，刻石供养。现在画像已经如愿了。我和李先生在世间的师生尘缘已经结束，然而他的遗训——认真——永远铭刻在我心头。

夏丏尊（1886—1946），名铸，字勉旃，号闷庵，别号丏尊。著名文学家、教育家、出版家，新文学运动的先驱。浙江上虞人。1901 年中秀才。1905 年东渡日本留学，1907 年辍学回国，先后在浙江、湖南、上海几所学校任教。1930 年与叶圣陶创办民国时期在莘莘学子中颇有口碑的《中学生》杂志。1933 年与叶圣陶合著出版后 15 年间再版达 22 次的小说体裁语文学习读本《文心》。1936 年任《新少年》杂志社社长，同年被推为中国文艺家协会主席。

弘一法师之出家

夏丏尊

今年旧历九月二十日，是弘一法师满六十岁诞辰。佛学书局因为我是他的老友，嘱写些文字以为纪念，我就把他出家的经过加以追叙。他是三十九岁那年夏间披剃的，到现在已整整过了二十一年的僧侣生涯。我这里所述的，也都是二十一年前的旧事。

说起来也许会教大家不相信，弘一法师的出家可以说和我有关，没有我，也许不至于出家。关于这层，弘一法师自己也承认。有一次，记得是他出家二三年后的事，他要到新城掩关去，杭州知友们在银洞巷虎跑寺下院替他饯行，有白衣，有僧人。斋后，他在座间指了我向大家道：

"我的出家，大半由于这位夏居士的助缘。此恩永不能忘！"

我听了不禁面红耳赤，惭怍无以自容。因为一，我当时自己尚无信仰，以为出家是不幸的事情，至少是受苦的事情。弘一法师出家以后即修种种苦行，我见了常不忍。二，他因我之助缘而出家修行去了，我却竖不起肩膀，仍浮沉在醉生梦死的凡俗之中，所以深深地感到对于他的责任，很是难过。

我和弘一法师（俗姓李，名字屡易，为世熟知者名曰息，字曰叔同）相识，是在杭州浙江两级师范学校（后改名浙江第一师范学校）任教的时候。这个学校有一个特别的地方，不轻易更换教职员。我前后担任了十三年，他担任了七年。在这七年中，我们晨夕一堂，相处得很好，他比我长六岁。当时我们已是三十左右的人了，少年名士气息忏除将尽，想在教育上做些实际工夫。我担任舍监职务，兼教修身课，时时感觉对于学生感化力不足。他教的是图画、音乐二科，这两种科目，在他未来以前为学生所忽视，自他任教以后就忽然被重视起来，几乎把全校学生的注意力都牵引过去了。课余但闻琴声、歌声，假日常见学生出外写生，这原因一半当然是他对于这二科实力充足，一半也由于他的感化力大。只要提起他的名字，全校师生以及工役没有人不起敬的。他的力量全由诚敬中发出，我只好佩服他，不能学他。举一个实例来说，有一次，寄宿舍里有学生失少了财物了，大家猜测是某一个学生偷的，检查起来却没有得到证据。我身为舍监，深觉惭愧苦闷，向他求教。他所指教我的方法说也怕人，教我自杀！说："你肯自杀吗？你若出一张布告，说做贼者速来自首，如三日内无自首者，足见舍监诚信未孚，誓一死以殉教育。果能这样，一定可以感动人，一定会有人来自首。"——这话须说得诚实，三日后如没有人自首，真非自杀不可，否则便无效力。

这话在一般人看来是过分之辞，他提出来的时候却是真心的流露，并无虚伪之意。我自愧不能照行，向他笑谢，他当然也不责备我。我们那时颇有些道学气，俨然以教育者自任，一方面又痛感到自己力量的不够。可是所想努力的，还是儒家式的修养，至于宗教方面简直毫不关心的。

有一次，我从一本日本的杂志上见到一篇关于断食的文章，说断食是身心"更新"的修养方法，自古宗教上的伟人，如释迦，如耶稣，都曾断过食。断食能使人除旧换新，改去恶德，生出伟大的精神力量，并且还列举实行的方法及应注意的事项，又介绍了一本专讲断食的参考书。我对于这篇文章很有兴趣，便和他谈及，他就好奇地向我要了杂志去看。以后我们也常谈到这事，彼此都有"有机会时最好把断食来试试"的话，可是并没有做过具体的决定，至少在我自己是说过就算了的。约摸经过了一年，他竟独自去实行断食了。这是他出家前一年阳历年假的事。他有家眷在上海，平日每月回上海两次，年假暑假当然都回上海的。阳历年假只十天，放假以后我也就回家去了，总以为他仍照例回到上海了。假满返校，不见到他，过了两个星期他才回来，据说假期中没有回上海，在虎跑寺断食。我问他："为什么不告诉我？"他笑说："你是能说不能行的。并且这事预先教别人知道也不好，旁人大惊小怪起来，容易发生波折。"他的断食共三星期：第一星期逐渐减食至尽，第二星期除水以外完全不食，第三星期起由粥汤逐渐增加至常量。据说经过很顺利，不但并无苦痛，而且身心反觉轻快，有飘飘欲仙之像。他平日是每日早晨写字的，在断食期间仍以写字为常课，三星期所写的字有魏碑，有篆文，有隶书，笔力比平日并不减弱。他说断食时心比平时灵敏，颇有文思，恐出毛病，终于不敢作文。他断食以后食量大增，且能吃整块的肉（平日虽不茹素，不多食肥腻肉类）。自己觉得脱胎换骨过了，用老子"能婴儿乎"之意改名李婴，依然教课，依然替人写字，并没有什么和以前不同的情形。据我知道，这时他还只看些宋元人的理学书和道家的书类，佛学尚未谈到。

转瞬阴历年假到了，大家又离校。哪知他不回上海，又到虎跑寺去了。因为他在那里住过三星期，喜其地方清静，所以又到那里去过年。他的皈依三宝可以说由这时候开始的。据说，他自虎跑寺断食回来，曾去访过马一浮先生，说虎跑寺如何清静，僧人招待如何殷勤。阴历旧年，马先生有一个朋友彭先生求马先生介绍一个幽静的寓处，马先生忆起弘一法师前几天曾提起虎跑寺，就把这位彭先生陪送到虎跑寺去住。恰好弘一法师正在那里，经马先生之介绍就认识了这位彭先生。同住了不多几天，到正月初八日，彭先生忽然决心出家了，由虎跑寺当家为他剃度。弘一法师目击当时的一切，大大感动，可是还不就想出家，仅皈依三宝，拜老和尚了悟法师为皈依师。演音的名，弘一的号，就是那时取定的。假期满后仍回到学校里来。

从此以后，他茹素了，有念珠了，看佛经了，室中供佛像了。宋元理学书偶然仍看，道家书似已疏远。他对我说明一切经过及未来志愿，说出家有种种难处，以后打算暂以居士资格修行，在虎跑寺寄住，暑假后不再担任教师职务。我当时非常难堪，平素所敬爱的这样的好友将弃我遁入空门去了，不胜寂寞之感。在这七年之中，他想离开杭州一师有三四次之多，有时是因为对于学校当局有不快，有时是因为别处来请他，他几次要走，都是经我苦劝而作罢的。甚至于有一个时期，南京高师苦苦求他任课，他已接受聘书了，因我恳留他，他不忍拂我之意，于是杭州、南京两处跑，一个月中要坐夜车奔波好几次。他的爱我，可谓已超出寻常友谊之外，眼看这样的好友因信仰的变化要离我而去，而且信仰上的事不比寻常名利关系，可以迁就，料想这次恐已无法留得住他，深悔以前不该留他。他若早离开杭州，也许不会遇到这样复杂的因缘的。暑假渐近，我的苦闷也愈加甚。他虽常用佛法好言安慰我，我总熬不住苦闷。有一次，我对他说过这样的一番狂言：

"这样做居士究竟不彻底。索性做了和尚，倒爽快！"

我这话原是愤激之谈，因为心里难过得熬不住了，不觉脱口而出。说出以后，自己也就后悔。他却仍是笑颜对我，毫不介意。

暑假到了，他把一切书籍、字画、衣服等分赠朋友学生及校工们——我所得到的是他历年所写的字，他所有折扇及金表等——自己带到虎跑寺去的只是些布衣及几件日常用品。我送他出校门，他不许再送了，约期后会，黯然而别。暑假后，我就想去看他，忽然我父亲病了，到半个月以后才到虎跑寺去。

相见时我吃了一惊，他已剃去短须，头皮光光，著起海青，赫然是个和尚了！他笑说：

"昨天受剃度的。日子很好，恰巧是大势至菩萨生日。"

"不是说暂时做居士，在这里住住修行，不出家的吗?"我问。

"这也是你的意思，你说索性做了和尚……"

我无话可说，心中真是感慨万分。他问过我父亲的病况，留我小坐，说要写一幅字叫我带回去，做他出家的纪念。他回进房去写字，半小时后才出来，写的是楞严大势至念佛圆通章，且加跋语，详记当时因缘，末有"愿他年同生安养共圆种智"的话。临别时我和他作约，尽力护法，吃素一年。他含笑点头，念一句"阿弥陀佛"。

自从他出家以后，我已不敢再谤毁佛法，可是对于佛法见闻不多，对于他的出家，最初总由俗人的见地感到一种责任：以为如果我不苦留他在杭州，如果我不提出断食的话头，也许不会有虎跑寺、马先生、彭先生等因缘，他不会出家。如果最后我不因惜别而发狂言，他即使要出家，也许不会那么快速。我一向为这责任之感所苦，尤其在见到他做苦修行或听到他有疾病的时候。近几年以来，我因他的督励，也常亲近佛典，略识因缘之不可思议，知道像他那样的人，是于过去无量数劫种了善根的。他的出家，他的弘法度生，都是凤愿使然，而且都是稀有的福德，正应代他欢喜，代众生欢喜，觉得以前的对他不安，对他负责任，不但是自寻烦恼，而且是一种佞妄了。

冯三昧（1899—1969），原名水鑫，又名颐，字伯年。浙江义乌人。1917 年留学日本，1919 年肄业于东京早稻田大学文学系。回国后，先后任教于湖南一师、浙江四中、浙江六中、春晖中学、上海大学、暨南大学、复旦实验中学、中华艺术大学、义乌中学、金华师范学校。1957 年底被划为右派，1958 年以"反革命罪"判刑 7 年。"文革"期间复受种种凌辱，1969 年自杀身亡。著有《小品文作法》《小品文讲话》。

忆弘一法师

冯三昧

去年寒假，无闷兄从上海回来，他的行囊中除带着他自己历年漂泊的旅愁以外，更带来了弘一法师的噩耗。他一见我便很感慨地告诉我这不幸的消息，而且再三叮嘱要我写点纪念他的东西。

就交情说，我和弘一法师是并无深交的，平时过从也极疏阔，不像丏尊、子恺诸先生和他有深切的关系。所以消息传来，虽也在人生的寂寞无常以上，更激起了对友朋的哀感，可是在情绪上倒还并不发生怎样深刻的痛苦。但不知是什么因缘，我却和他有过两次意外的遭遇，直到现在还深印在脑中，好像生了根苗，要忘记也忘记不了。因此虽无深交，却也不是全无交情。

第一次是在民国八年的夏季，我和望道新从日本回国，因为他被聘为杭州一师的国文教员，就同留在西湖陶社度暑。其时"五四运动"的怒潮正由北国的旧都奔腾到浙江文化中心的杭州，而杭州的文化领导者如刘大白、沈玄庐、沈仲九等诸先生，又都同住在陶社。因此西泠桥畔凤林寺旁小小的几间洋楼（纪念绍兴革命先烈陶焕卿先生的处所），一时便又成了杭州的文化中心。当时的座上客，男的有丏尊、馥泉、天底、猛济诸先生，女的有谢雪、吴怡怡、毛彦文、蔡幕晖诸女士。而朋友间所常谈及的，弘一法师就是其中的一个。

他本姓李，名息，字叔同，别署息霜，弘一是他出家以后的法号。从前在"南社"上或什么地方虽也见过他的作品，却从没有见过他的人。一次，我和望道同游虎跑，忽然想起了挂褡在虎跑的弘一法师，拟顺便去访问一次。唯因生平从未谋过一面，总觉有点唐突，虽然朋友之间很多与他有私交的。经过我和望道考虑的结果，决定以"某社"同人的资格，前去拜访。因为我和望道都是严肃矜持的人，这种突兀的过访，在我们还是破题儿第一遭。

我们进了寺门，向小沙弥投递了名刺以后，就被带到一间僻静幽寂的会客室，大约经过五六分钟，就有一个年在三十左右、手持数珠、身穿黑纱僧衣的和尚，出现在我们的面前。从他清癯秀逸的面目和温文慈祥的举止上看，我就断定他是弘一法师了。当我们向他说明来意，彼此交换初会的谈话以后，原想和他说些文学艺术方面的事情，因为他是日本美专出身，对这方面颇有研究和素养的。他不但对中国的诗文有很深的造诣，同时也还写得一手好字，画得一手好画，所以有"三绝"的雅称。其实他对音乐、篆刻也都有极深的功力，西湖西泠印社直到现在还保存着他个人的"印藏"。可是见他合着十指拘拘为礼的宗教的仪态和谦恭的样子，却又觉得不敢打搅，随便谈些佛家的事就匆匆地告别了。在临行时，私觑着他踏上长阶渐渐远去的后影，不觉黯然魂销，感到人生的寂寞。现在时过境迁，当时的印象还常浮上心来，形成暮烟似的漠然的怅惘。这是我和他第一次的会见。

第二次是在民国十四或民国十五年罢，也就是我和子渊先生被夏定侯所查缉的那年了。因了环境的关系，我先从宁波的四中退避到奉化的锦溪中学，再从奉化撤退到白马湖的春晖中学。由都市的宁波一跃而到山乡的奉化，再转而到农村的白马湖，由紧张的社会运动者一变而为安闲的隐遁者，孙悟空所表现的十万八千里的筋斗，也许就是象征我这样的生活罢。

春晖中学是上虞富翁陈春澜先生所独力创办的，学校的主持人就是富有教育经验的经子渊先生，所以种种方面都较近于理想，教师的待遇虽亦难免清苦，却富有道义感和亲和互助的人情美的氛围。而学校所在的白马湖，又是甬绍线上背山面湖的风景区，校舍也还算得相当的壮丽。尤其是沿山一带星罗棋布的教员住宅，虽都是低低的平房，却家家有独立的结构，新式的设备，有小型的庭园和各种的花木，一到春季，屋后满山的杜鹃花和门前脉脉的春水，是够有趣的。我所住的正是弘一法师的弟子丰子恺先生的旧宅，当我迁入的时候，四面粉墙上还留有他手写的诗词，记得其中一首是欧阳永叔的《临江仙》

词，子恺先生所写的字迹，至今还历历地如在目前。欧阳的《临江仙》词，因版本不同，有两种读法：一是"水晶双枕，旁有堕钗横"；一是"水晶双枕畔，犹有堕钗横"。子恺先生所写的，正是后一种的读法。子恺先生因爱这词，将它题在壁上，我也因爱这词，常将它从壁上移到口上。但正因为有了这最后的语句，后世评论欧阳时往往引为人身攻击的资料，真是不懂文艺的俗物呵！

这所屋由子恺先生到我，已经二易其主，如今事隔多年，又不知是谁人在做临时的主人，也许事变以后，连屋子都没有也未可知罢。从前读崔护的"人面桃花"，往往兴人生无常的感慨。现在回想起来，真不胜沧桑之感了。由于这寓居的关系，使我最难忘怀的，就是先后作古的经先生和弘一法师了。

一天上午，我从学校下课回家，女仆章妈私下告诉我道，适才春社里的和尚来向我们讨过饭了。我当时虽没有详细根问她的情形，但我心里已判明是弘一法师了。因为我已听得他因上温州去，路过此地，就顺便来看看旧友，正寄寓在我右邻的春社里面。他是一个笃守戒律的净土的皈依者，他不但实行着过午不食的素食制，每到黄梅时节，还常常要警戒出行，说这季节，地上的各种生物都要出来游行，一不小心，就会因践踏而伤害它们的生命呢。这种博大的爱和约制自己的精神，无论从哪方面说，都是可敬佩的。他的膳食，原由丏尊先生备就素菜，派遣家人按时送去的，这天却不知为什么没有送去，也许是迟送了，所以到我家里来乞食。当我邀请他入客堂，请他进餐的时候，他蔼然地向我声明，说这也是出家人的本色，可以克制自傲自大的意念的。这是多旷达的胸襟呵。听了他随缘的说法，谁也会受他温暖的人格的感动罢。无怪在他的熏陶下，桃李盈庭，造成丰子恺、刘质平、裘梦痕、朱稣典等许多高徒来了。他在寄寓春社的期间，每天清晨都到河边小埠上去洗脸，他的牙刷，据我所见，已经大半脱毛，快要剩得一根骨柄了，但他毫不介意，仍照样地使用着，也全没有舍弃它的意思。这虽是件小事，但无论是对人对物，处处都显出他博大的爱和崇高的精神。中国近来曾产生过两个高僧：一是曼殊法师，另外一个就是弘一法师了。曼殊法师是因家庭的悲剧，由压制而转入超脱的未来生活的解放，而弘一法师却是曾经风尘，由放浪而转入严肃的过去生活的忏悔，故其表现于两人宗教生活上的形态，各不相同。曼殊法师出家以后，还常涉足花丛，作诗酒的雅集，而弘一法师则曾因丐尊先生翻译独步的《女难》而提出质难。这都可以作我们生活的启示，为我们所应该师法的。不过他那时的精神虽还健旺，身体却很清瘦，故凡见过他的朋友，都暗暗地为他担心。我就是惦记着他，常为他的健康挂心的一个。

自从这次别开以后，我就因生活的关系，像断线的风筝一般到处漂泊，而弘一法师的消息也就久未听得了。去年寒假，尤闷兄和我说起这事，我当初还不肯置信，以为是一时的误传，后来看见各报都有关于他在福建圆寂的记载，这才不幸做了前言的信征。而我本来充满岁暮穷愁的心上，也更添织了对旧友的哀思，与寒冬的残景，两相应和。

罗常培（1899—1958），著名音韵学家、语言教育家。1916年考入北京大学中文系，1920年毕业后继续在北大哲学系深造。1921年辍学，先在南开中学，后在西北大学、厦门大学、中山大学任教。1929年任中央研究院历史语言研究所研究员。1934年任北京大学中文系教授。1938年任西南联合大学中文系主任。著有《汉语音韵学导论》《普通语音学纲要》等。与老舍是小学同学，为终生挚友。

我与老舍

——为老舍创作二十周年作

罗常培

三十五年前，北平西直门大街高井胡同口上的第二两等小学堂里有两个个性不同的孩子：一个歪毛儿，生来拘谨，腼腆怯懦，计较表面毁誉，受了欺负就会哭；一个小秃儿，天生洒脱、豪放、有劲，把力量蕴蓄在里面而不轻易表现出来，被老师打断了藤教鞭疼得眼泪在眼睛里乱转也不肯掉下一滴泪珠或讨半句饶。由这点禀赋的差异便分歧了我和老舍一生的途径。

三年小学、半年中学的共同生活，我们的差别越发显著了。自他转入北京师范学校后，他的光芒渐渐放射出来了。宣讲所里常常见他演说，辩论会中十回有九回优胜。再加上文学擅长，各种学科都好，一跃就成了校长方还最得意的弟子，所以十七岁毕业便做了方家胡同市立小学的校长，三年考绩，品第特优，由学务局派赴江浙考察教育，返北平遂晋升为北郊劝学员。我这时刚在中学毕业，迥隔云泥，对他真是羡慕不置！

由于幼年境遇的艰苦，情感上受了摧伤，他总拿冷眼把人们分成善恶两堆，疾恶如仇的愤激，正像替善人可以舍命的热情同样发达。这种相反相成的交错情绪，后来随时在他的作品里流露着。涉世几年的经验，使他格外得到证明，他再不能随波逐流地和魑魅魍魉周旋了，于是毅然决然辞掉一般认为优缺的劝学员，宁愿安贫受窘去过清苦生活。他的处女作——《老张的哲学》——大部分是取材于这个时候的见闻。

离开小学校教育界后，他便在顾孟余先生主持的北京教育会做文书，同时在第一中学兼任两小时国语，每月收入四十几元，抵不上从前的三分之一。但他艰苦挣扎，谢绝各方的引诱，除奉母自赡以外，还要到燕京大学去念书。一晚我到北长街雷神庙的教育会会所去看他，他含泪告诉我：

"昨天把皮袍卖掉，给老母亲添制寒衣和米面了。"

我说："你为什么不早说？我还拿得出这几个钱来。何必在三九天自己受冻？"

"不！冷风更可吹硬了我的骨头！希望实在支持不下去的时候，你再帮助我！"

这时檐前铁马被带哨子的北风吹得叮当乱响，在彼此相对无言的当儿便代替了我的回答。

假若我再泄露一个秘密，那么，我还可以告诉你，他后来所写的《微神》，就是他自己初恋的影儿。这一点灵感的嫩芽，也是由雷神庙的一夕谈培养出来的。有一晚我从骡马市赶回北城，路过教育会想进去看看他，顺便也叫车夫歇歇腿，恰巧他有写给我的一封信还没有发，信里有一首咏梅花诗，字里行间表现着内心的苦闷。（恕我日记沦陷北平，原诗已经背不出来了！）从这首诗谈起，他告诉了我儿时所眷恋的对象和当时情感动荡的状况，我还一度自告奋勇地去伐柯，到了儿因为那位小姐的父亲当了和尚，累得女儿也做了带发修行的优波夷，以致这段姻缘未能缔结——虽然她的结局并不像那篇小说描写得那么坏。我这种歉仄直到我介绍胡絜青女士变成舒太太的时候才算弥补上了。

他开始创作是到伦敦以后的事。第一部小说《老张的哲学》脱稿后，立刻寄给我和亡友白涤洲看。我又把它转呈给鲁迅先生。鲁迅先生的批评是地方色彩颇浓厚，但技巧尚有可以商量的地方。当时北新书局的老板李小峰很想拿它去出版，结果却被郑振铎拉到商务去了。

我本不是作家，老舍叫我审阅他的稿子未免问道于盲。记得我当时由直觉得到粗浅印象是思想没有哲学基础，行文中加括弧解释的地方太多。后来接到他的回信。对于后一点未置可否，对于前一点却说："迭更司①又有什么哲学基础来着？"

《老张的哲学》在《小说月报》分期发表后，因为语言的流利，风趣的幽默，描写的生动，讽刺的深刻，在当时文坛上

———————

① 今译狄更斯，英国小说家。——编者注。

耳目一新，颇为轰动，不久合印成书，销路畅旺，称得起脍炙人口。接着《赵子曰》和《二马》相继问世，老舍遂在"幽默大师"还靠着语音学吃饭的时候（跟我现在一样），业已因突梯滑稽名满天下了。

《小坡的生日》，是回国后在新加坡写的。到齐鲁大学教书后，他曾写了一部很得意的《大明湖》，不幸随着"一·二八"的炮火化成灰烬了！几个短篇的集子都是到青岛以后才写的。此外，像《猫城记》《离婚》《牛天赐传》《骆驼祥子》等长篇都是住在济南和青岛两个地方写成的。这几部书的原稿我已经没有先睹为快的眼福了。但他那个短篇小说《歪毛儿》前一半却是拿我做题材的，因为直到现在我还没穷得摆地摊卖破书，所以那篇后半所写的另外是一个人物型。此外，在《离婚》中也有一两个地方影射着我，并且我的朋友胡佐勋、赵永澄也都改头换面地做了登场人物。

抗战以来的作品，还得算《剑北篇》魄力最大——虽然有人说："It is anything but poetry."受陪都戏剧氛围的感染，他又写了几本戏——《残雾》《国家至上》《面子问题》《谁先到了重庆》《归去来兮》《大地龙蛇》等都是我数得上来的。就对话的漂亮来说，现在的作家似乎很少赶得上他的，然而舞台技巧的缺陷，例如《大地龙蛇》，我也不愿为他讳言。所以直到现在他还攻不进剧国的壁垒！

总之，老舍这二十二年的创作生活，文坛上对他毁誉参半，毁之者大多是文人相轻，誉之者也间或阿其所好。假如，让我这三十多年的老友说几句话，那么，老舍自有他"不废江河万古流"的地方，既不是靠着卖乡土神话成名的作家所能打倒，也不是反对他到昆明讲演的学者所能诋諆。然而，我们却不能不希望他有更伟大的成就以塞悠悠之口。十年前他就想拿义和团之乱后的北平社会做背景写一部家传性质的历史小说。当时我极力鼓励他，并且替他请当地父老讲述，替他搜集义和团的材料。七年的流亡生活，遂不得不使这个计划停顿了。然而我还觉得只有他配写，只有他能写，他写出来的东西一定比《瞬息京华》和《风声鹤淚》一类的玩意儿意味深厚，我尤其希望文艺界能够助成他的盛业！老舍很懂得作家应该由社会养活不该由大学养活的道理，所以七八年来无论哪个大学请他教书，他都婉言谢绝，宁愿忍饥耐寒，却不愿旅进伴食，可是眼前的社会怎能养得活作家？纵然夜以继日，从手到口地去写，恐怕也难博一饱，还怎能苛责作家粗制滥造，没有伟大的作品出现呢？

所以，如果社会上和文艺界还让老舍继续贫血，以致他"食不饱，力不足，才美不外见"，到他创作三十年的时候我们还看不见他那本未完成的"杰作"脱稿，那不是他自己的责任，而是社会和文艺界的责任！

三十三年四月十九日昆明

（《中国人与中国文》）

刘大杰（1904—1977），著名文学史家、作家和翻译家。1926 年毕业于武昌师范大学中文系。1930 年毕业于日本早稻田大学研究院。曾任上海大东书局编辑、安徽大学教授、四川大学中文系主任、暨南大学文学院院长。著有《中国文学发展史》《德国文学概论》《托尔斯泰研究》《易卜生研究》《东西文学评论》等；译有托尔斯泰《高加索囚人》《迷途》，杰克·伦敦《野性的呼唤》等。

庐隐*回忆记

刘大杰

一

三十七年前的五月四日，庐隐降生在福建闽侯县城的一个小家里。她出生的那一天正是她外祖母死去，她母亲说她是一个不吉祥的孩子，便不欢喜她，把她交托在一个奶妈的手里。那奶妈很粗心，乳汁又不好，庐隐在头两年完全浸在病态里，头上手上长满了疮疥，满了三岁，还不能走路和说话。因此，她母亲对于这个小生命生出强烈的厌恶了。第四年的春天，这孩子得了极重的热病，她母亲知道她是绝望了，又恐怕她传染

---

*庐隐（1896—1934），原名黄淑仪，又名黄英，笔名庐隐。"五四"时期著名的作者，与冰心、林徽因齐名，被称为"福州三大才女"。——编者注。

了旁的孩子，便对那奶妈说：

"你带到你家里去。好了再抱回来，不好也就算了。"

那奶妈只好把这病重的孩子带到离城二十里路的乡村里去。不久，她母亲又生下一个女儿来，那是一个白胖的可爱的孩子，她母亲很爱她，于是对于庐隐，她母亲是完全不放在心上了。

奶妈的家是一个青山绿水的村落，自然环境是很好的。庐隐到了那里，病果然一天天地好了。她把奶妈当作是亲生的娘，把奶妈的两个女儿当作是亲生的姊姊。她后来在她的小说里，有一段回忆她当日的文章：

> 露沙住在奶妈家里，整整地过了大半年。她忘了她的父母，以为奶妈便是她的亲娘，银姊和小黑是她的亲姊姊。朝霞幻成的画景，成了她灵魂的安慰者。斜阳影里唱歌的牧童，是她的良友，她这时精神身体都十分焕发。

这里面写的露沙，就是庐隐自己。她写这段文章，正是民国十二三年的时候，她已经是二十六七岁的壮年了。她描写幼年的情景，有这么生动，可知当日她寄居在奶妈家里的那一幕，在她的脑海里，是残留着极深印象的。

六岁那一年，她父亲到湖南长沙去做官，于是她们全家都搬到湖南去了。不幸的，在她刚满八岁的时候，她父亲又患病死了。这对于她的家庭，是一个极大的打击，好在那时候，她母亲手里积蓄了万把块钱。于是她便带着几个孩子投奔到北京的舅舅家里，后来便长期地在北京住下了。

她满了九岁，才开始识字。教她书的人，是一位严厉的姑母。她姑母每天早晨教她一课书，到吃午饭的时候，叫她背出来。如果背不出，就用竹板子或是皮鞭打她，有时候连午饭也不给她吃，这样严厉地处罚她。当时这位女先生虽说是这样的认真，可是庐隐读书的成绩坏极了，读了一年，一本《三字经》还没有读完，稍为难一点的字，写不出也认不出。于是那位姑母告诉她的母亲，说这孩子读书没有希望，便不教她的书了。

第二年，她在家里顽皮得很，她母亲怕她引坏了妹妹，便把她送到一个教会学校里去，去的时候，并且恐吓她说："你到学校，如果还不好好地用功读书，我就不要你了，不许你回家了。"她当时听了很害怕，一面哭，一面坐着哥哥的车子到学校去的。

她当时进的学校，是北京东城的慕贞学院。她一进学校，初次同她见面的是一个满脸庄严的外国人。外国人凶狠地对她说："好孩子，你要听话。你哥哥说你极顽皮，不用功读书。我这学校，是要守规矩的。你不听话，这条皮鞭子可以责罚你。"这一次的事体给了庐隐极深的印象。后来她在小说里，好几次地描写那外国人的面孔和那条可怕的皮鞭。她当时在那种环境里，知道不好好地读书是不行的。她进了慕贞学院以后，改了从前那种顽皮放浪的态度，变成一个循规蹈矩的用功的女学生了。

她在那教会学校里，读了将近四年的书，辛亥革命一起来，她离开了学校，跟着母亲搬到天津去了。后来政局一平静，再回到北京，进了一个公立的小学，不久，她就考取女子师范学校了。

这时候，她在她舅舅家里，认识一位姓林的表亲。这位姓林的家境贫穷，无依无靠，所以也寄居在她舅舅家里，他比她年轻，相貌很漂亮，人也很聪明，没有读过书，完全是一个无知识的少年。庐隐当日很欢喜他，同他很亲近，可以说这是她第一次的恋爱。他们这种情形，她的母亲知道了，认为这是一件极不名誉的事，因为在她母亲的眼里，这位姓林的完全是一个无知识的粗人。想要消灭这种危险，她母亲便想叫她同一个有钱的大学生订婚。可是庐隐坚决地反对了。后来，她母亲没有法，只好自己拿出一部分钱，送那一位姓林的进学校。过了几年，她就同他订婚了。

她在女子师范读了五年书，在这五年中，对于中国的旧小说旧诗词发生了兴趣。《红楼梦》《西厢》这类多情多感的小说适合了这女孩子的脾胃，她的兴趣一天天趋向到文学的路上去了。

她出了女子师范，不知是什么缘故，没有继续升学。她自己说："提一口小箱子，到社会上来混饭吃了。"她在开封、安庆都教了一年的小学。当日往安庆的小学生，现在有几个在大学毕了业，到外国去留学的，去年他们在我家里遇面的时候，谈起往事来，都为之感叹不已。

她在外面教了两年书，又到北京，进了女子高师的国文系。

那时正是民国七年的秋天，她已经是二十一岁的青年女子了。在社会上混了两年，稍为懂了一点人情世故，人也就老练得多。那时候新的思潮开始向中国全社会激动，她也就感到新知识的可贵，所以她就抛弃了教书生活，进了高师追求她有望的前途了。

当时在女高师教文学的教师，其中有一位便是痛恨新文学的黄季刚先生。在这位老师的指导之下，使那些女弟子都能作几首诗词，都能写通顺的文言。在她的《海滨故人》里，时常有《离骚》式的歌辞，时常有典雅的文言信札。她当时有《云端一白鹤》的五言古诗一首，一面可以看出她当日的抱负，一面也可以看出她当时在旧诗词上很用工夫。这首诗是她前年给我看的，现在我把它抄在下面：

云端一白鹤，丰采多绰约。

我欲借矰缴，笑向云端搏。

弦响因风利，白鹤拍双翼。

回首若有言，不胜辛酸意。

孤零事遨游，四海觅同俦。

同俦不可得，曷以抒烦忧。

踯躅云端里，偃息安可求。

此意何凄凉，辗转复彷徨。

长吁语白鹤，但去勿复忘。

世路苦崎岖，何处容楚狂？

这首诗虽不见顶好，但她当日的抱负和志趣，这诗里是表现得很明显的。她在女高师的时候，有一个和她极相好的朋友，便是今日张耀翔先生的夫人程俊英女士。俊英也是福建人，和她是同乡，同是进的国文系。在高师四年，俊英和庐隐几乎是同睡同起的。她后来写《海滨故人》，露沙是她自己，宗莹便是俊英。

她在高师的前两年，便起了写小说的兴趣。她第一次的创作是民国八年写的《隐娘小传》，是一个自传式的长篇，描写她幼年时代的故事。她当时受了《断鸿零雁记》那种小说的影响，《隐娘小传》也是用伤感的文言写的。她后来忽然觉得隐娘这名字不雅，换成了庐隐这两个字。这名字，便成了她后来发表小说的笔名了。我们都知道，她的学名是黄英，就是到现在，她许多老朋友，见了面还是叫她黄英的。

大概是当时的白话文学运动激动了她，使她对文言的小说起了反感，所以那本只写得一半的《隐娘小传》就流产了。然而从这一点讲来，庐隐在文学创作的年龄上确是很早的。她后来用白话文写的《海滨故人》便是《隐娘小传》的替身。

二

庐隐的《隐娘小传》虽是失败，但是她对文学的兴趣是一天天地浓厚了。那时正是新文学运动的高潮，激动青年们的神经的时代，于是庐隐也就很敏锐地接受了这种新思潮。《新青年》杂志成了当日青年男女的《圣经》。胡适之、陈独秀等的新论文，鲁迅等的创作，周作人的翻译，对于当日的青年，那是一种粮食，一种新空气。庐隐在这时期接连地写了些短篇在《小说月报》上发表，与冰心、叶绍钧、王统照他们成为文学研究会的要角了。

这时候，同她订过婚的那位姓林的青年，因她母亲的资助，快在工业大学毕业了。在工科的环境里，使得那位姓林的变成了一个沉默寡言的科学家式的青年，这一点对于富于玄想的爱好艺术的庐隐是相克的。于是在她俩之间生出裂痕了。恰巧那时在学生联合会的席上，她认识了一位有热情的、有哲学头脑的北大青年（他就是郭梦良），彼此都谈得来，于是庐隐同这位北大青年就由友谊而发生爱情了。这位北大青年，在她日后的小说里，是化作梓青这个名字而出现的。

她当时极其苦恼，一面爱那青年，一面又感到恋爱是空洞，同时又不知道要如何处理那位订过婚的姓林的男子。她在《海滨故人》里，写她当时的心境说：

青年男女，好像是一朵含苞未放的玫瑰花。美丽的颜色，足以安慰自己，诱惑别人。芬芳的气息，足以满足自己，迷恋别人。但是等到花残了，叶枯了，人家弃置，自己憎厌，花木不能避免时间空间的支配，人类也是如此，那么人生到底做什么？其实又有什么可做？恋爱不也是一样吗？青春时互相爱恋，爱恋以后怎么样，不是和演剧般，结局无论悲喜，总是空的啊！并且恋爱的花，常是衬着苦恼的叶子。如何能跳出这可怕的圈套，清净一辈子呢？……

她虽是体会了恋爱的滋味，对于恋爱的态度仍是怀疑与彷徨，因此决定了独身主义，向她的母亲提出了要同那位姓林的解除婚约的要求了。她母亲的愤怒是不待言的，就是因为这一件事情，她同家庭里失了和。那位姓林的，是一位极老实、极厚道的青年，最后向庐隐说："没有你，我不能读书，也不能到今日这种样子。你是我的恩人。我正想结婚以后，忠实地对待你，使你的生活幸福，报答你的恩。……"

这一位科学青年的诚恳的哀求，毕竟没有动摇庐隐的心，终于是解除婚约了。后来那位姓林的，到天津糖厂里去做事，深得那位经理的嘉许，不久那位有钱的美貌的经理的女儿，同姓林的结婚了。现在，那位姓林的成了小资本家，成了工业界的要人，去年工业会议开会的时候，《申报》上登出他的名字来，庐隐见了，才把这件事原原本本地告诉我。在她的《自传》里，关于这一件事，不知她提到没有？

独身主义，对于庐隐是无用的。郭梦良对于她爱恋的热情，损伤了她的理智，后来终于在上海一品香旅社举行了结婚典礼了。郭梦良是有夫人的，庐隐并不是不知道。她当时只觉得有了爱情，什么事都不成问题似的，所以也就允许了。关于她同一个有妻子的男人结婚的这件事体，她的家庭，她的朋友，没有一个不骂她，不嘲笑她。

她的命运始终是不幸的，在她母亲死去以后，她的丈夫郭梦良又患肠胃病死去了。这在她的精神上是一个重大的打击。因为她的身边已经有了一个女孩子。她刻苦地忍耐地想做一个社会的人，想抚养那个孩子。于是带着孩子，运着郭梦良的灵柩，回到福州的郭家了。她住在郭家的时候，同时在福州女子师范教一点书。她说郭梦良的前妻对她并不刻薄，使她受不住的是她婆婆对她的迫害。这种生活维持了没有一年。后来因为她婆婆骂她晚上点煤油点得太多，吵起嘴来，她忍受不住，就带着孩子离开福建了。

到了上海，进了大夏大学，担任女生指导。那大概是民国十五年的事件。那一年，我第一次从东京回到上海，因着偶然的机会认识了她，做了好朋友。她那时住在胶州路，带着孩子住在一处，收入不多，生活是很苦的。她总是穿一件深黑色不长不短的衣，脸上满了愁容。每次谈起她的命运，就感叹不置。我当时总是劝她忘记过去，再开辟新的爱情生活，她听了，就恼着说：

"男子！爱情！我真是痛恨了。就是因为这些东西害了我的。我要同爱情这恶魔疏远了。……"

这几句话，到现在我还记得很清楚，她当时说这几句话的神情和态度，我也还记得很清楚。那一次在上海，有好几个礼拜的相聚，同着喝酒，同着吃饭，同着谈天，我们便由新交变为深交了。不久，我又回到了日本，她也离开上海，到她平日最爱好的北京了。在那里她担任了北京市立女子中学校长的职务。这一个职务，对于庐隐是极不相宜的。她当时写信给我说：

"当校长真是要我的命。我怎么能为人的师表呢？一天到晚要同那些鬼脸的打官腔的人们会面，并且还要谨慎，还不能乱说一句话。现在不要说作品，真是连文学的感情也消逝得干干净净了。……"

我知道，这种事她是做不长久的。果然，在第二年她就离开女中了。离开了女中，她又在师范大学的附属中学教书。那时候，又有一两个男子在她的旁边活动，不知是友谊还是爱情，总之是把她弄得很不安静。那是她精神最苦痛、生活最放纵的时期。她一天到晚是喝酒抽烟，大声地哭，大声地笑。朋友们都替她担心。《曼丽》《归雁》就是那时候出版的。

她这种动摇颓废的生活一直等到认识了李唯建，才恢复平静。唯建是清华的学生，是一个比她年纪轻得多的乐天诗人。相识不久，便由友谊进到恋爱了。民国十九年的秋天，他们带着成熟的爱情，想到海外去实现他们的爱情生活和创作生活，乘着东渡的轮船，寄居在东京的郊外了。她一到东京，写了一封信给我，叫我去看他们。那时我正由东京移居广岛，准备回上海，因此没有接到她的信。后来她告诉我，说我当时不去看她，她很气的。

那年正是日金高涨的时候，一元日金，要合二块五角的上海钱，因此，他们在东京住了三四个月便不能支持，就在那年的冬天回到杭州了。没有职业，没有固定的收入，靠卖文来维持一个家庭，就是在杭州也是很难的。在杭州住了半年，又现出窘迫。二十年的夏天，她忽然地寄来一封快信，托我替她在上海谋一个安定的职业。那时正是工部局女子中学筹备开办、需要国文教员的时候，于是就在这个机会之下进了工部局女中。

初来上海的时候，她住在我家里。因为我的房子很小，她感着不安，后来她在我对门租了一栋屋子，买了几样家具，于是她的新家庭建立了一个规模。两夫妇，两个孩子，快乐地度着生活。最近的四年，可以说在庐隐的生活史上是最平静最快乐的一个时期。《象牙指戒》《玫瑰的刺》《女人的心》《火焰》，都是这个时候的作品。

这几年来，因为住得近，性情相投，我们的来往是极密的。我的一个女孩子，生下来只有两个月，就拜她做了干妈。她也真把这女孩子当作一个干女看待，每逢过年过节，什么帽子，什么皮鞋，总是自己买着送来的。生前我们不知道同打过多少次牌，同吃过多少次饭，同有过多少次的谈笑，到现在回忆起来，都成梦一般的影子了。

她时常对我说："大杰！你多么瘦。你那两只脚跟子还比不上我两只手。你要注意点呢！少喝酒，少打夜牌。"

我听了她的话，笑着说："这个世界，死了也罢，活一天玩一天吧！你先死，我替你写文章；我先死，你替我写。……"

想不到，我现在真替这位可怜的朋友写起回忆的文章来了。

五月六号的下午，大约是五点钟的时候，我同辉群说："今天看庐隐去，有好几天没有见她了。"

"好的，今天王妈从安徽带了几只鸡来，都很肥，送一只去吧。"辉群一面说，一面叫王妈捉鸡。

辉群牵着女孩子的手，我提着鸡，往外面走的时候，女孩子问："到哪里去？妈妈！"

"看干妈去。"

走进庐隐家的后门，叶妈接着说："少奶奶的肚皮在疼了。"

"来得正好呢！这只鸡送给少奶奶喝汤的。"我的话还没有说得完，便把那只鸡抛在厨房里。辉群就带着女孩子上楼去了。我站在底下的楼门口，大声地向着楼上说："庐隐！恭喜你生个太子！辉群代表我看你。我在楼下同唯建谈话吧！"

第二天，我到暨南大学去上课，庐隐的事完全没有放在心上，以为女人生小孩是一件最平常的事。那天下午到家，辉群从学校里回来说："庐隐难产，用了手术，孩子死了，大人平安。"

"孩子死了也好！多了没有饭吃，只要大人是平安的。"我这么一说，辉群生气了。

"你们只图快乐的男子，知道一个女人怀一个孩子多么痛苦吗？"我这位太太说话也是很厉害的，我当时也就默然了。

第三天，辉群去看了她，回来说："庐隐的情形很坏，到现在还是流血，疼得哭喊。现在在吃中药。"

"这种病怎么能吃中药？明天我没有课，去看她去。"我那时正为有点事要到光旦兄家里去，便出门了。

第二天，是礼拜四，我去了一趟，情形更恶劣。我就劝唯建快送到医院去，没有钱大家来设法。就是那晚，把她送到大华医院，由几个医生的调治之下开了刀，病人减少了痛苦，病状似乎好得多了。

礼拜五我又到暨南上课去了，下午回来，我打电话问唯建，他说开刀以后，到现在还没有热，似乎是好些了。我当时听了他的话，觉得是不要紧了。

礼拜六早晨六点钟，来了电话，我一听，是唯建的哭声，他说："你快来，庐隐危险了。"我坐了汽车去，医生正在打强心针，我一看，知道是没有希望了。我立即回家，找了舒新城兄，商量她的后事。到第二天上午十一点二十分，她在大华医院的十四号病室里去世了。

就在那天下午，把她运到中国殡仪馆，第二天下午六时，在殡仪馆举行入殓礼。那天我把她的事体料理好了以后，在苍茫的暮色中，一步一步地走回家来的时候，心里感到一种不可描摹的难受。下面这一首诗，就是我在当日的归途中作成的。

窗子外仍是温和的春光，
杨柳依样在春风里飘扬。
我们可怜的朋友呀！
你现在栖息在何方？

记得你那次在我家狂饮，
也曾醉倒过一整天不醒。
为什么你这次闭了眼睛，

无论什么人都叫你不应？

过去同你有多少次的谈笑，
现在都成了梦一般的诗情；
现在都成了梦一般的诗情，
就是叫我回忆也回忆不尽。

你的人生并不寂寞，
艺术永远放着清香。
我们都是途中旅客，
活在世上的不要喜，
庐隐你也不要悲伤。

窗子外仍是温和的春光，
杨柳依样在春风里飘扬。
我们可怜的朋友呀！
你现在栖息在何方？

赵景深（1902—1985），现代作家、文学史家、文学翻译家。生于浙江丽水，少年时在安徽芜湖读书。酷爱文学，1922年从天津棉业专门学校毕业后，任天津《新民意报》文学副刊编辑，并任文学团体绿波社社长。1925年任上海大学教授；1927年任开明书局编辑；1930年起任复旦大学中文系教授，同时兼任北新书局总编辑。其著作和译作数量多、范围广，在学术界和教育界颇有影响。

丰子恺和他的小品文

赵景深

好几年不曾看见子恺了，偶然看见《人间世》和《良友》上的他的照片，不禁为之莞然；他竟留了很长的胡子，像一个庄严而又和蔼的释家。

记得我与他相识，是1925年，那时我在充满了艺术空气的立达学园里教书，他们是这个学园的创办人。当时的同事，如朱光潜、白采、方光焘、夏丏尊、刘薰宇……都是这个时候认识的。不过当时我与白采往还最多，子恺和别的同事们都很少拜访和聚首。

一直到1928年，我才为了我自己的《中国文学小史》《童话概要》和《童话论集》请他画封面，专程去拜访了他几次。我知道他是最喜欢田园和小孩子的，便买了一本描写田园和小孩最多而作风也最平和的米勒（Millet）的画集送他，还送了一盒巧格力①糖给他的孩子们；这盒糖也经过我的选择，挑了一盒玻璃纸映着有一个美丽女孩的肖像的。当时我与他谈了些什么，现在已经不能回忆，但知他的态度潇洒，好像随意舒展的秋云。

后来有一次，子恺到开明书店来玩，使我很诧异的，竟完全变过一个子恺了。他坐在藤椅上，腰身笔一样的直，不像以前那样的衔着烟随意斜坐；两手也垂直地俯在膝上，不像以前那样的用手指拍着椅子如拍着音乐的节奏；眼睛则俯下眼皮，仿佛入定的老僧，不像以前那样用含情的眸子望看来客；说起话来，也有问必答，不问不答，答时声音极低，不像以前那样的声音之有高下疾徐。是的，我也常听丐尊说："这一晌子恺被李叔同迷住了！"照子恺的说法，以上的叙列就是我与他的"缘"。

李叔同是丰子恺的老师，无论在艺术上或是思想上，都是影响他最深的人。他的《缘》和《佛法因缘》都是专写李叔同的。李叔同在杭州第一师范学校教过他的木炭画，后来出家，子恺曾特地替他绘过《护生画集》。《两个"?"》更明白地承认他"被它们引诱入佛教中"。我们一听说佛教或基督教，就会联想到迷信上去；其实，倘若除去了那不科学的成分，这对于人世间的悲悯，恐怕是任何社会主义者思想的发动力和种子吧。

我觉得子恺的随笔，好多地方都可以与叶绍钧的《隔膜》

---

① 今译巧克力。——编者注。

做比较观。在描写人间的隔膜和儿童的天真这两点上，这两个作家是一样的可爱。其实这两点也只是一物的两面，愈是觉得人间的隔膜，便愈觉得儿童的天真。卢骚①曾喊过"返于自然"，子恺恐怕要喊一声"返于儿童"。

子恺是怎样地写人间的隔膜呢？试看《东京某晚的事》，老太婆要求一个陌生人替他搬东西，陌生人不愿意，接连回报她两声"不高兴"，因为他是带了轻松愉快的心情出来散步的。子恺见了这事，心里就想："假如真有这样的一个世界，天下如一家，人们如家族，互相爱，互相助，共乐其生活，那时候陌路都变成家人，像某晚这老太婆的态度并不唐突了，这是何等可憧憬的世界！"再看《楼板》，楼上的房东与楼下的房客只有授受房租的关系，此外都可以老死不通往来，真是所谓"隔重楼板隔重山"。而这"楼板"也就是《邻人》篇中那"把很大的铁条制的扇骨"。像"肯与邻翁相对饮，隔篱呼取尽余杯"那样的诗意，是久矣夫不可复见的了。《随笔五则》里的第四则写人们用下棋法谈话，最为精辟："人们谈话的时候，往往言来语去，顾虑周至，防卫严密，用意深刻，同下棋一样。我觉得太紧张，太可怕了，只得默默不语。安得几个朋友，不用下棋法来谈话，而各舒展其心灵相示，像开在太阳光中的花一样！"

成人都是互相隔着一堵墙，如叶绍钧所说。把墙撤去的，只有儿童。子恺在《随笔五则》之三里也说："我似乎看见，人

---

① 今译卢梭，法国启蒙思想家。——编者注。

的心都有包皮。这包皮的质料与重数，依各人而不同。有的人的心似乎是用单层的纱布包皮的，略略遮蔽一点，然真而赤的心的玲珑的姿态隐约可见。有的人的心用纸包，骤见虽看不到，细细捆起来也可以摸得出。且有时纸要破，露出绯红的一点来。有的人的心用铁皮包，甚至用到八重九重，那是无论如何摸不出，不会破，而真的心的姿态便无论如何不会显露了。我家的三岁的瞻瞻的心，连一层纱布都不包，我看见常是赤裸裸而鲜红的。"

子恺是怎样地写儿童的天真呢？你瞧，元草要买鸡，他就哭着要，不像大人那样明明是想买，却假装着不想买的样子（《作父亲》）。阿宝和软软都说他们自己好，不像大人那样，明明是想说自己好，也假装着谦让不说出来（《从孩子得到的启示》）。

子恺又因为思想近于佛教，所以有无常、世网、护生等观念。

他觉得人世是无常的、短暂的，所以人一天天走近死亡之国而毫未觉得者，只是由于把生活岁月精细地划分，年分为日，日分为时，时分为分，分分为秒，便觉得生活是一条无穷而且有趣的路了（《渐》）。这意见，后来屡次提到。《阿难》云："在浩劫中，人生原只是一跳。"《大账薄》云："宇宙之大，世界之广，物类之繁，事变之多，我所经验的真不啻恒河中的一粒粒细沙。"《新年》与《渐》同意，也讲到时间划分愈细，则人也愈感到快乐。

他又觉得金钱常限制了兴趣，这或者可以说是世网。第一本随笔集的第一篇，就是《蕲网》，大意说大娘舅觉得大世界样样有趣，唯一想到金钱就无趣。《从孩子得到的启示》则赞美孩子"能撤去世界事物的因果关系的网，看见事物的本身的真相"。《华瞻的日记》说华瞻看见先施公司的小汽车就一定要买，他不知道爸爸不曾带钱或钱不够就不能买。

他又最爱生物，尤其是渺小的生物，可见他的仁爱之心是无微不至的。《蝌蚪》写孩子们用清水养蝌蚪，子恺恐怕蝌蚪营养不足而死，便叫孩子们倒许多泥土到水盆里去，后来还叫他们掘一个小池。《随感十三则》中有两则是怜悯被屠杀的牛和羊马。《忆儿时》对于蟹和苍蝇的残杀也认为不应该做，尤其是文人所咏叹的"秋深蟹正肥"，他们以为风雅，"倘质诸初心，杀蟹而诗其螯，见蟹肥而起杀心，有什么美而值得在诗文中赞咏呢"？

照这样说来，子恺的小品里既是包含着人间隔膜和儿童天真的对照，又常有佛教的观念，似乎，他的小品文尽都是抽象的、枯燥的哲理了。然而不然，我想这许就是他的小品的长处。他哪怕是极端的说理，讲"多样"和"统一"（《自然》和《艺术三昧》），这一类的美学原理也带着抒情的意味，使人读来不觉其头痛。他不把文字故意写得很艰深，以掩饰他那实际内容的空虚。他只是平易地写去，自然就有一种美，文字的干净流利和漂亮，怕只有朱自清可以和他媲美。以前我对于朱自清的小品非常喜爱，现在我的偏嗜又加上丰子恺。聊记数页，以表示我的喜悦。